徳間文庫

人妻アイドル

徳間書店

目次

第一章　ピンクのボディコン

1

スナック〈ルーザー〉は今夜も盛況だった。

上野のはずれ、都内にもかかわらずやたらと外灯の数が少なくて夜の闇の深いところに、〈ルーザー〉はある。

「負け犬」を意味する店名の通り、客は臑（すね）に傷もつはみだし者、社会不適合者、失業保険で酒を飲んでいるようなダメ人間ばかり。そして、負け犬というのは遠（とお）吠（ぼ）えするものと相場は決まっている。

「まったく、増税ばかりで嫌な世の中だねえ」

誰かが酔った勢いで愚痴をこぼせば、

「選挙に行ったこともないくせに、なに言ってやがる」

すかさず別の酔っ払いがからみはじめる。

「仕事がなくて税金も払えないようなやつが、政治に対してイッパシのこと言うんじゃないよ」

「馬鹿野郎、税金なら酒と煙草でたっぷり払ってらあ」

「あとはエロ本買ったときの消費税か？　やめちまえよ、もう」

いい大人――それも五十がらみの人間の会話とは思えないくだらないやりとりに、沢野由起夫は内心で深い溜息をつく。

東北の田舎町で生まれ育った由起夫はかつて、大都会東京に対して憧れや畏敬の念を抱いていた。しかし、この店で働きはじめてからそんなものは吹っ飛んだ。光あるところに影ができるのが世のことわりらしく、〈ルーザー〉にたむろしている客は、お先真っ暗な影の中でうごめいている。未来に対する希望はなく、いまだけを生きていることをむしろ誇りにして、今夜も気絶するまで泥酔するのだ。

「ちょっと、ユッキー」

ママの智実がこちらを見て手をあげた。ユッキーというのは由起夫の渾名だ。

「一番卓の氷がないじゃない。気がきかないわねえ、相変わらず」

「さーせん」

由起夫はヘコヘコと謝りながら、氷を山盛りに入れたアイスペールを一番卓に運んでいく。〈ルーザー〉は広い店ではない。八人ほどが座れるカウンター席と、四人掛けのボックス席がふたつしかないが、なにしろ客が大酒飲みばかりなので、ボーイがひとりでは大忙しだ。

「ユッキーって、ああ見えて高校の先生だったんだって」

智実が細身の煙草をくゆらせながら個人情報を漏洩させる。

「あんなぼんやりしてて先生なんて務まったのかしら？　まあ、務まらなかったからここにいるんでしょうけど、ユッキーみたいのが教壇に立って偉そうに講釈垂れてたと思うと、世も末だってゾッとするわよねえ」

「重ね重ね、さーせん」

溜息まじりに苦笑をもらした由起夫は三十五歳。

ママの智実もおそらく同じくらいだが、とても同世代とは思えないおかしな格好をしている。長い髪はちりちりのソバージュで、アクセサリーをやたらとジャラジャラつけている。眉は太く、口紅やマニキュアは毒々しいまでに赤い。さらに、いったいどこで売っているのかと首をかしげたくなるような派手な色のボディコンスーツを愛用している。今夜は蛍光ピンクである。客ウケがいいからという理由で、智実はいつもバブル時代のコスプレをしているのだ。

一年前の雨の夜、由起夫はすべてを失い、ふらりと〈ルーザー〉に入ってきた。この店でグラスを傾けているほとんどの客と同じように、どうしようもない酒場で、どうしようもなく泥酔したかった。

あのとき、ママの智実はやさしかった。行く場所がないという由起夫に、柔和な笑みとともにささやいた。

「だったらこの店で寝泊まりすればいいじゃない。ついでにお店を手伝ってよ。ちょうど男手がなくなって困ってたところだから」

由起夫はお言葉に甘えて〈ルーザー〉で寝泊まりし、働くことになったわけだが、智実が必要としていたのは単なる男手ではなかった。肉体関係ができると態度が急に横柄になり、由起夫を顎で使ってくるようになった。「あいつはヒモみたいなもんだから」という屈辱的な軽口も頻繁に口にするようになり、由起夫のプライドはズタズタにされた。

それでも出ていかない理由はふたつある。

ひとつは他に行き場所がなかったからだ。智実に拾われなければ、おそらくいまごろ山奥のタコ部屋でこき使われていたことだろう。教員免許をもっているとはいえ、教職に復帰することはできないし、予備校や塾の教壇に立つつもりもなかった。身元を隠して働ける現場を求めて辺境へと流れ流れ、野垂れ死にするような運命だったのだから、〈ルーザー〉にいるほうがまだいくらかはマシなのだ。

そして、もうひとつの理由は……。

「ねえ、ユッキー」

深夜二時、店が看板になると、智実は急に意味ありげな眼つきで声をかけてきた。

「たまには店のソファじゃなくて、ふかふかのベッドで寝たくない？　お風呂もコインシャワーじゃなくて、脚の伸ばせる湯船に浸かって……」

ラブホテルに行こう、という智実特有の誘い文句だった。「たまに」と言っているが、一昨日も行った。なんだかんだで、月のうち十日はラブホテルに泊まっているわけだが、由起夫に断ることはできない。理性ではそろそろ縁を切ったほうがいいと思っていても、気がつけばいつだって彼女と腰を振りあっている。

智実が超絶エロいからだ。

顔立ちは古いタイプのいい女という感じだし、スタイルだってグラマーなのだが、それ以上に、内側から醸しだされる色気がすごい。十代から夜の仕事をしているらしいから、そこで培われたものがあるのだろう。おまけに、酒を飲むと欲情するタチだから、圧倒されるほどいやらしいオーラを振りまきだすのだ。

口や態度が悪い彼女も、頭はそれほど悪くない。自分が酒を飲むと欲情することを知っているから、由起夫のような男を側に置きたがるのだ。酔った勢いで客と寝たりしたら、収拾がつかなくなる。「やりまんママのいる店」として一時は繁盛するかもしれないけれど、そんなことは長くは続かないし、客同士のトラブルに発展するリスクもある。

その点、子飼いの従業員なら問題が起こりづらいうえ、金玉を握りしめることまでできるのだ。

2

〈ルーザー〉から徒歩一分のところに、〈クリスタル〉というラブホテルがポッンと一軒建っている。

昨今のラブホテルはカラオケ、ＤＶＤ、ゲームなどが使い放題なのは当たり前で、ウーバーイーツも利用できるし、サウナや岩盤浴まで備えつけられているところまであったりして、かなり快適な空間だ。

しかし、〈クリスタル〉にはその手のサービスがいっさいなく、狭い部屋にダブルベッドが無理やり押しこまれているだけで、男女の淫臭だけが湿った空気とともに充満していた。

はっきり言って、恋人たちが愛にあふれた時間を過ごす場所ではなく、不倫カップルが秘密の逢瀬に使う隠れ家ですらなく、売買春の温床なのである。利用者のほとんどがデリヘル嬢とその客なので余計なサービスはございません――そんなホテル側の声が聞こえてきそうな投げやりな雰囲気の部屋で、由起夫と智実はいつも淫らな汗をかいている。

「ああっ、疲れた……」

智実はベッドに腰をおろすと、ひとつ息をついた。

時刻は午前二時過ぎ——彼女はいつも午後六時くらいからお通しの仕込みを始め、開店時間の午後七時から午前二時まで酒を飲みっぱなし、客としゃべりっぱなしだから、見るからに疲れていそうだった。

しかし、疲れた様子が痛々しくならず、色気に転ずるのが智実という女なのだ。女版「疲れ魔羅」というか、疲れれば疲れるほど性欲が増すらしい。おまけに、したたかに酔っているから振る舞いはどこまでも挑発的だ。

「ねえ、ユッキー。脚を揉んでくれない？」

ナチュラルカラーのストッキングに包まれた両脚を、子供のようにバタバタさせる。

由起夫はごくりと生唾を呑みこんだ。

顔にかかったソバージュヘアを鬱陶しそうに払っている智実のマニキュアは真っ赤だった。甘い匂いがしそうな吐息を振りまいている唇も赤く、ボディラインをこれでもかと強調しているボディコンスーツは蛍光ピンク。時代錯誤もはなはだしい、まるでバブル時代からタイムスリップしてきたような装(よそお)いである。

由起夫は三十五歳だから、バブルの狂乱をリアルタイムで知らない。ディスコのお立ち台の上でパンティが見えるのもおかまいなしに踊り狂っていたボディコンギャルなんて、懐古的(かいこてき)なテレビ番組でしか見たことがない。

それでも、『ジャパン・アズ・ナンバーワン』と言われたあの時代には、現代を生きる自分たちとは桁違(けたちが)いの熱気を感じた。よく働き、よく遊び、誰も彼も全速力で突っ走っていたあの時代――さぞやセックスもすごかったに違いない。なにしろ、パンティが見えそうなボディコン姿の女が、街を闊歩(かっぽ)していたのである。男たちの欲望は肯定(こうてい)されていた。女たちは過剰(かじょう)なまでにセクシーであることが求められ、それにきっちりと応(こた)えていた。

「ねえ、早く……」

両脚を悪戯(いたずら)っぽくバタバタさせている智実からは、あの時代の女たちが放っていた華やかな色香が漂ってくるようだった。由起夫の知らない時代、だが憧れずにはいられないエネルギーに満ちた熱狂の時代……。

「失礼します……」

由起夫は智実の足元にしゃがみこむと、彼女の右足を両手で包み、自分の左膝の上にのせた。極薄のナイロンに包まれた女の爪先は見た目もいやらしいが、触れるとさらにエロティックだ。

由起夫はそれを愛でるように撫でまわしてから、両手をふくらはぎへ這わせていった。智実は「疲れた」と言い、「脚を揉んで」と言ったが、筋肉をほぐすためのマッサージを求めているわけではない。「脚を揉んで」というのは、「今夜の愛撫は脚から始めて」という彼女独特のアピールなのだ。

「んんんっ……」

柔らかにふくらんでいるふくらはぎを撫でさすっていた由起夫の両手が太腿に這っていくと、智実は天井を向いてくぐもった声をもらした。そのまま両手を後ろにつき、上体をのけぞらせていく。

(おおおっ……)

由起夫の眼には、紫色のパンティが飛びこんできた。智実が着ているボディコンスーツのスカートは極端なマイクロミニだから、ちょっとずりあがるだけでパンティが見えてしまうのだ。

店に集まるルーザーたちへのささやかなサービスのつもりかもしれないが、至近距離から見ている由起夫は眼を見開き、平常心を失いかけた。ナチュラルカラーのストッキングに透けた紫色のパンティのいやらしさは尋常ではなく、こんもりと小高い恥丘の形状も露わなら、いまにも発情の匂いが漂ってきそうである。

「あああっ……」

由起夫の両手が太腿の付け根に届くと、智実はバタッと後ろに倒れた。由起夫はその両脚をM字に割りひろげ、なおもしつこく太腿を揉みしだく。

「あああっ……はぁあああっ……」

智実の呼吸はみるみるはずみだし、腰を浮かせて股間を突きだしてきた。ストッキングに透けた紫色のパンティは、もはやすっかりマイクロミニから露出している。早く肝心な部分に触ってほしいようだが、由起夫の反応は鈍かった。あまりにいやらしい智実の姿に唖然とし、呆けたように見入ってしまう。

（エッ、エロいっ……エロすぎるだろっ……）

まだ股間に触れてもいないのに、クイッ、クイッ、と腰を跳ねあげている。騎乗位のときの腰振りを彷彿とさせる動きであり、由起夫はいつだって翻弄されてしまう。もっとも彼女の場合、正常位で下になっていても大胆に腰を動かしてくるるのだが……。

由起夫は右手を智実の股間に伸ばしていった。股布のあたりにそっと触れると、じんわりとした湿り気が指腹に伝わってきた。ストッキングとパンティ——二枚の薄布に保護されているにもかかわらず、濡らしているのがはっきりわかった。

（いっ、いやらしいっ……なんていやらしい女だっ……）

胸底で悪態をつきながらも、由起夫は智実が放つ淫らなオーラに呑みこまれていく。興奮に脳味噌が熱くなり、いやらしいことしか考えられなくなってしまう。

女の割れ目をなぞるようにして、指を動かした。二枚の薄布越しにも伝わってくるぐにぐにした感触にも男心を揺さぶられたが、肉穴の上部に指を這わせていくと、こんもりと盛りあがった恥丘が待ち受けている。

「土手高の女には名器が多い」という俗説があるが、智実の恥丘はかなり小高く盛りあがっている。名器であるかどうかを判別できるほど由起夫は経験豊富ではないけれど、彼女が「好き者」「ドスケベ」「淫乱」であることは疑う余地すらない。

「あううっ！」

指先がクリトリスの上をかすめると、智実は鋭い声を放った。由起夫はざらついたストッキングの上から、割れ目を執拗に撫であげた。肉穴の入り口から上に向かってじわりじわりと指を這わせていき、クリトリスをかすめて小高い恥丘へ……。

「あああっ……はぁあああーっ！　はぁああああああーっ！」

智実のクリトリスは敏感すぎるほど敏感だから、激しく身をよじらせる。浮かせた腰をガクガクさせて、悦楽の境地へ没入していく。

由起夫はくんくんと鼻を鳴らした。紫色のパンティの向こうから、濃密な牝の匂いが漂ってきたからである。

店のルーザーたちを虜にしている智実の武器は、見かけ倒しの偽物ではなかった。その気になれば発情し、しとどに蜜を漏らしまくる器官であればこそ、未来のない負け犬たちを酔いしれさせることができるのだ。

「むううっ……」

由起夫は牝の匂いに誘われるようにして、智実の股間に鼻面を突っこんだ。いやらしいほど湿り気を帯びた熱気が、生々しい発情のフェロモンとともに鼻腔に流れこんでくる。

由起夫はまず、鼻の頭でこんもりした恥丘をなぞった。さらに肉穴付近にも鼻の頭を押しつけ、発情した牝の匂いを嗅ぎまわしてしまう。

「ねっ、ねえ……」

智実が声をかけてきた。さすがに陰部の匂いを嗅ぎまわされるのは恥ずかしいのかと思ったが、そうではなかった。

「ストッキング、破ってもいいよ」

「マジすか？」

由起夫は小躍りしたくなった。いままでも似たような感じでセックスを始めたことがあるが、ストッキングを破るお許しまでは出なかった。つまり、今夜は彼女も特別に興奮しているのだ。負け犬の誰かに甘い言葉で口説かれたのか？あるいは、口説かれながら尻や太腿でも撫でられたのだろうか？

いずれにせよ、そんなことはどうでもいいことだった。由起夫は大きく息を吸いこむと、ビリビリッとサディスティックな音をたててストッキングを破った。センターシームに沿って股間の部分を縦に破くと、すかさず紫色のパンティに手を伸ばした。フロント部分に指を引っかけ、片側に寄せていく。

「あああっ……」

熱く疼いている性愛器官に新鮮な空気を浴びて、智実がせつなげにあえいだ。

（うわあっ……）

由起夫はしばしの間、まばたきも呼吸もできなくなった。何度見ても圧倒されずにいられない女の花が、目の前で咲き誇っていた。縁がやや黒ずんだアーモンドピンクの花びらはびらびらと大きく、だらしなく口を開いて匂いたつ蜜をしたたらせている。ＶＩＯの処理が珍しくなくなったいまでも、手入れをいっさいしていない陰毛は黒々として、獣じみた野性味を振りまいている。

グロテスクと言えばグロテスクな陰部だった。昨今では、女の股間にも清潔感を求める向きも多いだろうが、バブルコスプレの智実には、どういうわけか獣じみた陰毛がよく似合う。男の本能を奮い立たせ、「さあ、かかってきなさい」と挑発されているようなのだ。

「むうう……」

由起夫はためらうことなく再び智実の股間に鼻面を突っこんだ。先ほどは下着越しだったが、今度は生身——顔面に伝わってくる感触も桁違いにいやらしければ、匂いの濃度も倍増している。

「むうう……むうう……」

舌を差しだし、鼻息も荒く舐めはじめると、

「はっ、はぁうううーっ！」

智実は背中を弓なりに反らせ、ブリッジするような格好になった。由起夫の舌はまだ、花びらの合わせ目を舐めあげただけだった。にもかかわらずいやらしすぎる格好になって、股間を舐められる愉悦に溺れていく。

3

（このエロさのおかげで、俺は一年間をドブに捨てたんだ……）

顔中が蜜にまみれるほどクンニリングスに没頭しながら、由起夫は胸底で吐き

捨てた。もちろん、智実に恨みはない。彼女に拾われなければ社会の最底辺に転がり落ちていくだけだったし、なによりも彼女とのセックスは嫌なことをすべて忘れさせてくれるからだ。

いやらしく尖ったクリトリスを舌先でつんつんと刺激してやれば、

「あぁうううーっ！　はぁうううううーっ！」

智実は激しいまでに身をよじり、体中につけたアクセサリーをジャラジャラ鳴らしてよがり泣く。ボディコンスーツはおろかストッキングまで着けたままなので、暑いのだろう。太い眉を寄せた顔がじっとりと汗ばんでくる。

抱き心地がいい女とは、反応がいい女だと、由起夫は智実とのセックスを通じて痛感させられた。反応がいい女は男に自信を与えてくれるし、愛撫に没頭することができる。男の本能を揺さぶり抜かれ、この女を征服し、支配したいという欲望がこみあげてくる。

もちろん、セックスにおいての話だ。

日常生活でのふたりの関係は、女主人と使用人——由起夫は飼い犬のごとき扱いで智実に顎で使われているし、そのことに対して文句も言えない。

最初のころはセックスにおいてもその関係は変わらず、智実がハイヒールにキスをしろと言えばキスをするし、背中を流せと言われれば風呂場で体を洗ってやったりしていた。

しかし、そこは男と女。一年間も付き合っていると、次第に関係が変わってくる。セックスでは、男は女を征服したがるし、女は征服されたがる。もちろん、例外的な性愛指向も多々あるに違いないが、ごくノーマルな男女であれば、その法則があてはまるだろう。

由起夫と智実のセックスも、付き合いが長くなるにしたがって、ノーマルな男と女に近づいていった。智実はサディスティックな女王様ではなく、由起夫もいじめられて悦(よろこ)ぶマゾヒストではないから、男性優位のセックスをしたほうがお互いに気持ちいいのだ。よって、ベッドの上ではとりあえず日常の関係は置いておき、快楽だけを追求する。といっても、お許しもなくストッキングを破くような無礼な真似はできないが、次第に由起夫がリードする場面が増えてきた。

「すっ、すいません……」

由起夫はクンニを中断し、蜜でテカテカに濡れ光っている顔を智実に向けた。

「今日は服を脱がさなくてもいいですか？」

「えっ……」

クンニの快感に翻弄されていた智実は一瞬、呆けたような顔をした。

由起夫と智実が普段するセックスでは、早々に服を脱ぐのがいつものパターンだった。時代遅れのボディコンスーツは激レア品だから、汚したり皺になったりすることを避けるためである。

しかし、今日に限っては智実がストッキングを破くお許しを出してくれたので、服を脱がさず長々とクンニをしてしまった。おかげで由起夫には欲が出た。以前から、一度でいいからボディコン姿の智実とまぐわってみたかったのだ。

「ね、いいでしょ。絶対に服は汚さないし、皺にもしませんから」

「……どうやって？」

智実が怪訝そうに眉をひそめる。

「あっちに行きましょう」

由起夫は智実の手を取ると、ベッドをおりて洗面所に向かった。そこにある大きな鏡を見て、智実は小さく笑った。苦笑じみた表情の奥に、期待と不安と羞じらいが交錯(こうさく)している。こちらの意図を察してくれたようだ。

由起夫は智実の両手を洗面台につかせると、尻を突きださせた。目の前の鏡には、蛍光ピンクのボディコンを着た彼女が映っている。マイクロミニはすでに腰までずりあがっており、ナチュラルカラーのストッキングに、紫色のパンティのバックレースが透けていた。

「エッチね、こんなところでしたがるなんて……」

鏡越しにこちらを見て、智実がささやく。咎(とが)めるような眼つきをしていても、こみあげる欲情を隠しきれない。

由起夫は知っていた。ボディコンスーツを大切にしながらも、智実は心の奥底で、それを着たままセックスしたいという欲望を疼かせている。時代遅れの格好だが、彼女は自分の容姿にボディコンが似合うことをよく知っているのだ。自分をもっともセクシーに見せ、男を欲情させるコスチュームであることを……そうであるなら、それを着たままセックスしたいと思うのが女心というものだろう。

「ああっ……」

股間に食いこんでいる紫色のパンティを片側にずらすと、智実はせつなげに眉根を寄せた。ストッキングはすでに破いてあるし、これで服も下着も着けたまま結合することができる。

　由起夫はベルトをはずし、ズボンとブリーフをおろした。勃起しきった男根が唸りをあげて反り返り、鬼の形相で天井を睨みつける。その根元を握りしめ、切っ先を濡れた花園にあてがっていく。

「くううっ……」

　亀頭と花びらがヌルリとすべり、目の前の鏡に智実の歪んだ顔が映る。眼の下を生々しいピンク色に染めた表情が、たまらなくいやらしい。

「むううっ……」

　由起夫は低く声をもらしながら、腰を前に送りだした。ずぶっ、と亀頭が濡れた柔肉に埋まり、肉穴の中の熱気が伝わってきた。由起夫は首にくっきりと筋を浮かべて、そのままずぶずぶと入っていく。

（相変わらずよく締まるな……）

　全身が歓喜に震えだしそうな、たまらない瞬間だった。男根を根元まで埋めこむと、すぐには動きださず、結合感を噛みしめた。パンティもストッキングも着けたままの結合というのが新鮮だった。智実が息をはずませながら、鏡越しにこちらを見つめる。眼を見開き、歯を食いしばっている。

しばらくの間、視線と視線をぶつけあっていた。まばたきも忘れて見つめあうだけで、まるで我慢くらべをするように、お互いに動きださなかった。根負けしたのは、智実が先だった。

「あああっ！」

痛切な声をあげると、身をよじりだした。とはいえ、立ちバックで女が動くのは難しい。智実は正常位で下になっていても動きたがる女だが、それでもせいぜい腰をくねらせたり、尻を左右に振りたてることくらいしかできない。

「ねえ、突いて……早く突いて……」

店での居丈高な態度もどこへやら、甘ったるい猫撫で声でねだってくる。もう少し意地悪をしてやりたかったが、由起夫の我慢にも限界があった。勃起しきった男根にぴったりと密着しているヌメヌメした肉ひだの感触がいやらしすぎて、それ以上じっとしていることはできなかった。

「むうぅっ……」

両手で智実の腰をつかんだ。グラマーなスタイルの彼女は、蜜蜂のように腰がくっきりくびれている。それをがっちりホールドして、ゆっくりと腰を動かしはじめる。まずは男根を深く埋めたままグラインドだ。ぐりんっ、ぐりんっ、と腰をまわし、肉穴にびっしり詰まった肉ひだを掻き混ぜてやる。

「あああっ……ああああっ……」

鏡越しにこちらを見ている智実の顔が歪む。由起夫が腰をまわすほどに、眼の下の生々しいピンク色が顔全体にひろがっていく。

「むうっ……むううっ……」

鏡に映った由起夫の顔も、次第に紅潮してきた。ぐりんっ、ぐりんっ、と腰をまわす動きが切迫していき、満を持してピストン運動に移行する。ずんずんっ、ずんずんっ、とリズミカルに突きあげれば、

「はっ、はぁああああああーっ！」

智実はひときわ甲高い声をあげ、ちりちりのソバージュヘアを振り乱した。

由起夫は興奮していた。智実とまぐわうときはいつだって興奮しているが、今夜はあきらかにいつも以上で、ピストン運動があっという間にフルピッチまで高

まっていった。智実を貫いている男根も、これまでにないほど硬くなっているような気がする。

理由ははっきりしていた。

智実が蛍光ピンクのボディコンスーツに身を包んでいるからだ。髪形やメイクまでバブル時代を踏襲しているから、まるでタイムマシーンで過去に戻り、あの時代の肉食系ギャルとまぐわっているみたいなのである。

よく働き、よく遊んでいたあのころの男女も、立ちバックが好きそうだった。鏡の前はもちろん、高層ホテルの窓から煌めく夜景を見下ろしながら、あるいはマンションのベランダで闇にまぎれて、ハイテンションなセックスをしていたに違いない。

「あううっ！」

智実が鋭い悲鳴を放った。

「そっ、そこっ！　そこよっ！　そこ気持ちいいっ！　もっとちょうだいっ！　もっとちょうだいーっ！」

由起夫はうなずくと、智実が感じるポイントに狙いを定めて連打を放った。ボリュームのあるヒップをパンパンッ、パンパンッと打ち鳴らし、えぐりこむようなストロークを打ちこんでやる。

にわかに額から汗が噴きだし、眼の中に流れこんできたが、瞼を閉じることはできなかった。鏡を凝視しながら、一心不乱に腰を振りたてた。といっても、淫魔に取り憑かれている自分の顔など見たくはないから、見つめているのは智実の顔だ。ひいひいと喉を絞ってよがり泣く智実の顔は呆れるほどにいやらしく、由起夫の興奮をどこまでも高めていく。バブル期の男女にも負けないようなハイテンションで、怒濤の連打を送りこむ。

「あああっ、いいっ！　すごいいいいいいーっ！」

太眉を寄せ、瞳を喜悦の涙で潤ませながら、智実が叫ぶ。その表情は発情しきった獣の牝そのものだった。にもかかわらず、蛍光ピンクのボディコンスーツを着たままなのが、たまらなくエロティックだ。いや、ボディコンスーツこそが、獣の牝に相応しいコスチュームなのかもしれない。

「むうっ！　むううっ！　むううっ！」

鼻息も荒くずぼずぼと肉穴を穿てば、

「はぁううううーっ！　はぁうううううーっ！」

智実は獣じみた声を撒き散らし、よがりによがる。

「ダッ、ダメッ……ダメようっ……」

立っている両脚をガクガクと震わせながら、切羽つまった声をあげた。

「もっ、もうイキそうっ……イッちゃいそうっ……」

「イッてくださいっ！」

由起夫は叫ぶように言うと、残ったスタミナを総動員してフルピッチの連打を放ちつづけた。こちらももう限界だった。普段は智実を二、三回イカせる余裕があるのだが、今日ばかりは無理だった。

「イッ、イクッ！　もうイッちゃうっ！　イッちゃう、イッちゃう、イッちゃうっ……はっ、はぁおおおおおーっ！」

智実はビクンッ、ビクンッと腰を跳ねあげると、肉づきのいい太腿をぶるぶると震わせてオルガスムスに駆けあがっていった。眼こそつぶっていたものの、激しくイキながらも鏡に顔を向けているのは、スナックのママで培ったサービス精神ゆえだろうか？

理由はともかく、鏡に映った智実のイキ顔が、由起夫の射精のトリガーとなった。こんないやらしい顔を見せつけられて、出すのをこらえることなどできなかった。

ずんっ！　と最後の一打を突きあげると、男根を引き抜いた。コンドームは装着していないので、中で果てるわけにはいかなかった。智実の蜜でネトネトになった肉棒を握りしめ、左手を亀頭に被せる。

いつもなら智実の体――バックスタイルであれば尻に精液をぶちまけるのだが、それはできない。間違ってもボディコンスーツを汚すわけにはいかないから、左の手のひらで精液を受けとめるつもりだったが……。

「ああああっ……はぁあああっ……」

男根を抜かれてなお、あえぎ声をあげて体中を痙攣（けいれん）させている智実が振り返り、由起夫の足元にしゃがみこんだ。呆気にとられている由起夫をよそに、男根から両手を払って亀頭をぱっくりと口唇で咥（くわ）えこんだ。

「おおおおっ……」

肉穴とはひと味違う新鮮な刺激に、由起夫はのけぞった。ソバージュヘアを揺らして、智実が頭を振りはじめる。自分の蜜でネトネトになった男根を、今度は唾液で濡れ光らせていく。

「おおおおっ……おおおおおっ……」

由起夫は腰をくねらせて滑稽なダンスを披露してしまった。フェラチオなら何度もしてもらったことがあるが、フィニッシュに咥えこまれるのは初めてだった。しかも、いつものやり方より激しかった。智実も興奮しているらしく、頭を振って唇をスライドさせながら、痛烈なバキュームフェラで吸いたててくる。

（すっ、吸われるっ……精を吸われるっ……）

痛烈な快感に、由起夫の滑稽なダンスは激しさを増した。

できることならじっくり味わっていたかったが、それは無理な相談だった。自分の手でちょっとしごけば放出するというタイミングで、由起夫は男根を引き抜いたのだ。十秒と我慢していることができなかった。

「でっ、出るっ……もう出るっ……おおおおおーっ！　ぬおおおおおおおおおおーっ！」

野太い声で叫んだ瞬間、下半身でドクンッと爆発が起こった。焼けつくような勢いで、男根の芯に精液が走り抜けた。予想を超える快感に、由起夫の口からはまた野太い声が放たれた。

快感の質も量もいつもと違った。ドクンッ、ドクンッ、と放出が訪れるたびに、智実がしたたかに鈴口を吸ってきたからだ。

それにより、射精の勢いがいつもより倍増し、すさまじいスピードで精液が尿道を通過していった。当然、快楽も比例して高まった。最後の一滴を漏らしおえるころには、意識が遠くなりかけていた。

4

「ふうっ……」

バスルームに入っていく智実の背中を見送ると、由起夫は部屋に戻ってソファに腰をおろした。ズボンとブリーフをさげただけでセックスしたので、服を着ていた。汗を大量にかいたのでベタベタして気持ち悪かったが、脱ぐのはシャワーを浴びるときでいいだろう。

（それにしても興奮したな……）

蛍光ピンクのボディコンスーツ姿で後ろから突きまくられてよがっている智実の姿を思いだし、ニヤニヤしてしまう。

とびきり反応がいい彼女とのセックスはいつだって興奮するが、今回は格別だった。セクシーなボディコンスーツに加え、鏡の前というシチュエーションも素晴らしくエロかった。バックスタイルでは普通、女のよがり顔が見えないものだが、今回はばっちり拝むことができた。洗面所の照明は部屋より明るいので、はっきり見えすぎて夢にまで出てきそうである。

（いつまでもこんなことやってちゃまずいんだけどなあ……）

射精の余韻が去っていくと、我に返ってそんな思いが脳裏をかすめた。負け犬酒場の手伝いと、恋愛感情のない爛れたセックスに溺れているだけの毎日が、そんなに長く続くはずがない。〈ルーザー〉なんていつ潰れるかわからない店だし、智実に別の男ができるかもしれない。

逆にいつまでも続いてしまうのは、それはそれで困るのだ。自堕落な生活に埋没するだけで歳をとり、あとで後悔してもどうにもならない。時間は巻き戻らないし、人生にやり直しはきかないのである。

「やめよう、いま考えるのは……」

せっかく会心の射精を遂げたというのに、その余韻が台無しになってしまう。

由起夫はポケットからスマートフォンを出し、ニュース番組を再生させた。すでに午前三時をまわっているから、プライムタイムのリピート再生である。売春宿めいたこの部屋にはテレビすらない。特別ニュース番組が好きなわけではないし、世界情勢には小指の先ほどの興味もないが、セックスを終えた気怠い気分で、女がシャワーを浴びているのを待つには、いい暇つぶしになる。

スマホの小さな画面にゆきすぎていくのは、海の向こうの侵略戦争、株価の乱高下、メジャーリーグで活躍する日本人選手の破格の年俸契約——どうでもいい話題ばかりだった。由起夫は眠ってしまいそうになったが、芸能ニュースが始まると、一瞬で眼が覚めた。

「隠していて本当に申し訳ございませんでした！」

知っている女が深々と頭をさげていた。記者会見だ。

『鈴森乃愛、既婚者であることを公表！　二歳の隠し子も！』というテロップが躍っている。

「乃愛さんは現在二十一歳で、お子様が二歳ということは、十九歳のときにご出産されたんでしょうか？」

「はい」

「まだデビューされてませんよね？」

「デビュー前に産みました」

バシャバシャバシャッ、と嵐のようにフラッシュが焚かれ、由起夫の眼はチカチカした。それでも乃愛は眼を細めたりせず、毅然としている。

清楚なストレートロングの黒髪、卵形の輪郭、アーモンド形の眼は男たちの視線を鷲づかみにして離さない魅力に満ちているが、今日の乃愛にはアイドルらしき可愛らしさは微塵もなかった。白いシャツを着てまっすぐに前を見つめている姿はまるで、身の潔白を訴えている被告人のようだ。

なんの罪も犯していないのに……。

いや、乃愛はまがうことなきトップアイドルだ。この国の常識では、常にヒットチャートをにぎわせ、武道館クラスの会場で行なわれるライブを次々とソールドアウトにし、テレビで見ない日がないアイドルに隠し子がいたというのは、罪になるのかもしれない。

アイドルとアーティストは違う。アーティストは楽曲や歌唱力を売り物にしているが、似たようなことをやっていても、アイドルが売っているのは幻想だ。現役時代は恋人をつくらない、セックスはしないという建前の元、ファンに「清らかな美少女」という夢を見せている。

そんなアイドルに隠し子がいたなんて、ファンに対する重大な裏切り行為になるわけだ。

十代後半や二十代前半の若い女に恋愛禁止を強いるなんて人権侵害——そういう意見もあるかもしれない。しかし、現実的には誰も強いたりしていない。恋愛がしたいならアイドルになんてならなければいいし、ステージでスポットライトを浴びることよりひとりの男に愛されることに価値があるように思えてきたら、アイドルをやめればいいだけの話なのである。

とはいえ、乃愛の場合、事情がもう少し複雑だった。

現役アイドルに恋人ができてグループを卒業したり、ソロでやっていれば引退したり、あるいは女優業などに路線を大きくシフトするのはよくあることでも、二十一歳のトップアイドルに二歳の隠し子がいたなんて前代未聞だろう。

「乃愛さん、ファンをしたたかに裏切っていたことになりますよ？」

「子供がいらっしゃるのにアイドルとしてデビューするなんて、なにを考えていらしたんですか？」

「ファンの方たちに謝罪を！」

芸能レポーターたちは鬼の首を取ったように乃愛を責めたてている。フラッシュを浴びせられつづけたせいだろう、乃愛の黒い瞳は少し潤んできたが、毅然とした表情からは覚悟ばかりが伝わってきた。

絶対に泣くもんか……。

「子供の父親は一般人なんでしょうか？」

「はい」

乃愛はしっかりとうなずいた。

「以前、高校をやめるきっかけになった先生です」

バシャバシャバッシャッ、とまた嵐のようにフラッシュが焚かれる。

「ご主人とは、いまも同居なさってる?」

「いいえ」

今度は首を横に振った。

「じゃあ事実婚というか……あるいはシングルマザー……」

「違います。きちんと籍も入っています。いまは訳あって別々に暮らしてますけど、近々同居することになると思います。そのためにわたしは、こうしてすべてを告白することにしたんです。もう隠すことはないから大丈夫だと夫に伝えるために……隠すことはないから安心して帰ってきてほしいと、夫に……」

乃愛は涙をこらえるように唇を嚙みしめ、スマホを持っている由起夫の手は小刻みに震えだした。

(いったいどうなってるんだ?)

乃愛が「夫」と呼んでいるのは、他ならぬ由起夫だった。彼女がまだ芸能界とは縁遠い場所で生きていたころ、由起夫と乃愛は男女の関係になり、結婚して子宝に恵まれたのである。

だが、思いもかけないところから乃愛にデビューの話が舞いこみ、彼女も興味があるようだったので、由起夫はみずから身を引いた。十四歳も年下の乃愛の未来を明るいものにするため、同居していたアパートから黙って姿を消した。自分の欄（らん）に必要事項を書いた、離婚届を残して……。

（つまり、あの離婚届は出さなかったのか？　いったいなぜ？）

由起夫はパニックに陥（おちい）りそうだった。乃愛と別れてから一年、由起夫は都会の底辺を這いずりまわり、酒とセックスに溺れる自堕落な生活を送ってきた。彼女と知りあう前の自分を思えば、とんでもない転落劇だと言っていい。

だが、由起夫は乃愛を恨んでいなかった。恨むはずがない。短い間だったが彼女と結婚生活を送ってきた時期こそ自分の人生のハイライト――そう思えば、別れた悲しみやつらさより、出会うことができた幸運こそ噛みしめずにはいられなかった。

乃愛は由起夫と別れてから、スター街道を全速力で駆けあがっていった。新曲がヒットした、ドラマの出演が決まった、大手スポンサーとＣＭ契約を交わした――そんなニュースをネットで見かけるたびに誇らしい気持ちになり、心の中でエールを送っていた。

もう二度と会えないだろうが、彼女と愛しあっていたのは事実だし、自分の子供まで産んでくれたのである。

「ああっ、いい風呂だった……」

智実がバスルームから出てきた。バスローブを羽織らず、全裸のまま濡れた体をタオルで拭っていた。慎みのない女だと、由起夫は胸底で悪態もつけなかった。それどころではなかったからだ。

乃愛の記者会見は続いていた。いい大人たちが年端もいかないアイドルを寄ってたかって吊しあげる光景は、ほとんど残酷ショーだった。こんな陰湿ないじめのようなものを、テレビで流していいのだろうか？

「やっぱりラブホのお風呂は広くていいわね。このホテル、どうしてお風呂だけは立派なのか知ってる？　デリヘル嬢と客が一緒に湯船に浸かってイチャイチャするために決まってるわよねえ。ユッキーも早く入ってきなよ。出たら続きをしましょう。なんかわたし、朝までだってできちゃいそう……」

「すっ、すいません」

由起夫はスマホをポケットにしまって立ちあがった。

「ちょっと急用ができたんで、先に帰ります」

「はあ？」

智実が大仰に眉をひそめる。

「野良犬みたいなあんたに、どんな急用があるっていうのよ。馬鹿なこと言ってないで続きをしましょう。もうお風呂なんて入らなくてもいいから……」

智実は濡れた裸身を躍らせてしがみついてこようとしたが、由起夫は素早く身をかわして靴を履いた。行くあてなどなかったし、深夜の三時過ぎに街に飛びだしたところで路頭に迷うことは眼に見えていたが、いても立ってもいられず、ギャーギャー騒ぎだした智実を残してラブホテルの部屋を飛びだした。

第二章　俺の女

1

人に歴史あり――。

都会の底辺でヒモじみた暮らしをしている由起夫にも、三十五歳の現在に至るまで実に様々な紆余曲折(うよきょくせつ)があった。

大学に入学するまで二浪したし、卒業したらしたでなかなか正式な教員になれず、三十歳を過ぎるまで塾講師や家庭教師で口を糊(のり)してきた。

生まれも育ちも東北の片田舎であり、自然は豊かだが他にはなにもないところだった。物心がついたころから、ここで坦々と生きて坦々と死んでいくのだろうと思っていた。たった一度の人生、都会に出てもっとエキサイティングかつチャレンジングな人生を模索してみたらどうかと思わないこともなかったが、都会は怖かった。自分のような田舎者は、誰にも相手にされず砂を嚙むような毎日を送るのが関の山だろう。そんな目に遭うくらいなら、生まれ育った土地で静かに暮らしていたほうがいい。

勤めていたのは私立の女子高だ。

由起夫が住んでいる実家からはクルマで小一時間かかるが、駅ビルやショッピングモール、全国チェーンのファストフード店などが林立していて、実家付近よりかなりにぎやかな場所にある。

教えていたのは国語だった。三十歳を過ぎてから念願叶って正式な教員に採用されたので、最初は張りきって授業の準備もしたし、教壇での振る舞いも熱血教師ふうだったはずだ。

しかし、いい歳になるまで正式採用されなかった由起夫は、同僚教師から冷ややかな眼で見られていた。能力の劣る落ちこぼれ、というわけだ。そうなると、必然的に生徒たちからも軽蔑されるようになり、とくに年ごろの女の子は残酷だから、タメ口で心ない言葉を投げつけられることもよくあった。

「先生、結婚してるの？」

「してるわけないかー」

「彼女もいないでしょ？」

「ギャハハ、彼女いない歴＝年齢ってやつ？」

「もう少しいいスーツ着たらモテるかもよ」

「馬子にも衣装？　ギャハハ、無理無理」

「おまえら、教師を馬鹿にするのもいい加減にしろよ」

最初のころは言い返していたものの、由起夫は次第に、力ない苦笑でやり過ごすようになっていった。言い返したところで、十倍になって返ってくるだけだからだ。学校に居場所がなかった――という生徒の話はよく聞くが、教師にだって同様の者がいる。休み時間がとくにきつく、由起夫はいつもひとり、暗く人影のない非常階段で弁当を食べていた。毎日朝起きるのがしんどくなっていくばかりで、このままでは鬱病になってしまいそうで怖かった。

教師には授業以外にも重要な仕事がいくつかある。部活の顧問もそのひとつだ。

由起夫は中高通じて帰宅部だったから、とくに希望がなかった。ならば、と同僚の教師に演劇部を押しつけられた。文化系では、もっとも大所帯な部である。

だが意外にも、面倒なことはほとんどなかった。それなりに伝統のある部であり、やる気のある部員が揃っていたので、彼女たちから「余計な口は挟むな」という無言のプレッシャーを受けていた。稽古に顔を出しても挨拶すらしないナメきった態度だったが、演劇についてなにも知らない由起夫がリーダーシップを発揮できるわけもなく、黙って見守っていることしかできなかった。

ところが……。

赴任して一年目の秋のことだ。普段は由起夫をガン無視している演劇部員たちが、青ざめた顔で職員室に押しかけてきた。

理由は訊かなくてもわかった。二週間後に控えた文化祭で、演劇部はミュージカルを上演することになっていた。退屈な田舎町で暮らす女子高生三人組が、アイドルのオーディションを受けるために奮闘努力する——そんなストーリーなのだが、三人いる主役のうちのひとりが、自転車で転んで脚を骨折し、入院してしまったのである。

「このままだと、うちらのお芝居上演できません」

「先生、なんとかして！」

そう言われても、由起夫は困惑するばかりだった。

「代役を立てるんじゃダメなのかい？」

「桜子の代役？　そんなのいるわけないじゃないですか！」

桜子というのは骨折で入院した部員で、可愛い子たちが揃った演劇部の中でもひときわ眼を惹く美少女だった。おまけに役柄が「グループのヴィジュアル担当」で、やがて「伝説のアイドル」になる子の青春時代という設定だったから、誰も代役なんてやりたがらないのだ。

「舞台に穴を空けるよりいいじゃないか。本番までまだ二週間あるんだし、代役を立てて稽古すれば間に合うんじゃ……」

そんなふうに励ましても、どの顔にも自信のなさばかりが浮かんでいた。役を務める自信がないというより、桜子と比べられるのが嫌なのだろう。気持ちはわかるが、一刻も早い決断が必要だった。決断が遅れれば遅れるほど代役の稽古時間が少なくなり、無残な結果に終わる可能性が高くなる。

「先生、誰か代役できる人を捜してきて」

誰かがボソッとつぶやくように言うと、その場にいた部員たちがいっせいにうなずき、刺すような視線を向けてきた。

「いつもなんにもしないんだから、こんなときくらい役に立ってください」

「はあ？　なに言ってんだ」

由起夫は呆れた顔をしたが、彼女たちは本気のようだった。

「演劇部の中に、桜子の代わりができる子はいません。でも、部外からの客演だったら……少しくらいお芝居がへたでも大目に見てもらえるだろうし、なにより先生のお墨付きってことで、部員全員が納得できると思うんです」

「お墨付きって……どうして俺が……」

すべての責任をこちらに押しつけようという彼女たちの目論見はあきらかだったが、結局、由起夫は押しきられてしまった。

「見つかるかどうかわからないよ。自慢じゃないけど、俺は生まれてこのかた、ただの一度もお金を払って演劇なんて観たことがないんだから……」

ブツブツ言いながらも、放課後の校舎をうろつきはじめたが、桜子の代役を見つけるのなんて不可能だと思った。桜子というのは本当に可愛らしく、この学校でミスコンが開催されたとしたら、優勝しそうなほどなのである。彼女と肩を並べられる美少女なんてこの学校には……。

いや。

心当たりがひとりいた。

あれは夏休みが明けた日のことだった。九月にもかかわらず、盛夏並みに気温があがり、蝉の鳴き声まで聞こえてくる中、体育館の脇にある水飲み場で、生徒がひとり、顔を洗っていた。

体育の授業の後らしく、白いTシャツに紺のショートパンツ姿だった。顔は見えなかったが、由起夫は視線を奪われた。長い手脚が真っ白に輝いているのがまぶしかった。ぴったりした体操着が露わにしている、まだ大人の女になりきれていないボディラインに胸を揺さぶられるものがあった。

誓って言うが、淫らな気持ちを抱いたわけではない。三十過ぎまで正式な教員になれなかった落ちこぼれでも、生徒にいやらしい眼を向けてはいけないというモラルくらいはもちあわせていた。

ただ、残暑のまぶしい陽光、過ぎ去りゆく夏を惜しむような蟬の鳴き声、体操服と水飲み場というシチュエーションと相俟って、甘酸っぱい気分になってしまったのだ。由起夫はかなり奥手なほうで、初恋が高校時代だった。普段はおとなしい文科系女子が、運動会のとき、きりりと鉢巻きを巻いて走っている姿にひと目惚れした。そんなことを思いだしていたのである。

（えっ？）

彼女が水道をとめてタオルで顔を拭いはじめたので、立ち去るべきなのに立ち去れなくなった。驚くほど小さな顔に、整った眼鼻立ち——それも、いまで言うAIイラストのような、どこかSFチックな人工的な美しさを感じた。生々しさを感じない可愛らしさが新鮮だった。顔についた水滴がキラキラと輝くと、由起夫はまばたきも呼吸もできなくなった。

名前を知らない生徒だった。もちろん、生徒数が六百人を超える学校だったので、全員の名前を覚えていたわけではない。しかし、ここまでの美少女であれば、少しは気にかけていてもおかしくないのに……。

だが、由起夫は彼女を知っていたのだ。彼女が顔を拭いおえ、大きな黒縁のメガネをかけると、膝を叩きたくなった。

二年A組、鈴森乃愛。

由起夫は彼女のクラスで、週に四コマほど授業を行なっていた。教室で見かける彼女は、まるで目立たない。美しい顔が黒縁メガネで隠れているせいもあるが、口数が少なく、ひとりで本を読んでいることが多いせいだ。

いじめを受けているというわけではなく、ひとりでいることを好むタイプらしかった。まるで日陰にひっそりと咲く花のようだと思っていたが、素顔を見てしまったせいで、その評価は百八十度ひっくり返った。

水飲み場の前で黒縁メガネをかけた乃愛は、こちらに向かって歩いてきた。シャンプーの残り香だろうか、すれ違いざまにほのかな桃の匂いがした。

由起夫と一瞬眼が合うと、彼女の双頰はにわかにピンク色に染まり、その場から逃げるように駆けだしていった。メガネを取った素顔はとびきりの美少女でも、性格はやはり、内気で人見知りな日陰の花なのかもしれない。

（無理だろうな……見るからに控えめな引っこみ思案だもんな……）

二年A組の教室に向かった。部外からの客演、しかも校内一と言っていいような美少女の代役となれば、誰に頼んでも断られるに違いなかった。由起夫にしても、ほとんど期待はしていなかった。ただ、演劇部員たちに対し、いちおう手は尽くしたと言い訳するために、乃愛を捜しにいった。

いっそもう帰宅していればいいとさえ思ったが、放課後の教室に乃愛はいた。他の生徒は誰もいないのに、ひとりで本を読んでいた。背筋を伸ばして本をひろげた姿勢の美しさに感心したが、もちろん感心している場合ではなかった。

「あっ、あのう……」

教室に入っていっておずおずと声をかけると、乃愛はビクッとしてこちらを見た。黒縁メガネの向こうで、アーモンド形の眼が真ん丸に見開かれていた。みるみるうちに、頰がピンク色に染まっていった。

「ちょっ、ちょっと相談があるんだけど、いまいいかい?」

コクッ、と乃愛はうなずいた。落ちこぼれ教師にいきなり話しかけられ、声も出ないほど驚いている様子だった。

「なんて言うかその……芝居になんて興味があるかい? 歌って踊るミュージカルというか……」

　乃愛が困惑顔で首をかしげるばかりなので、由起夫は諦めた。これはさっさと断られて引きあげたほうがいい――彼女を困らせるのは本意ではないし、女子高生に困り顔を向けられていると、ひどく悪いことをしている気分になってくる。

「実はその……演劇部の部員が怪我をして、代役が必要なんだ。あっ、こう見えて僕はいちおう演劇部の顧問なんだけど、文化祭は二週間後なのに、このままだと舞台に穴が空きそうで……代役やってみる気、ない？　あっ、ないならないでべつにいいんだ。きっぱりと断ってくれればそれでいいから……」

　乃愛はしばらく押し黙っていたが、やがてじっとりした上眼遣いで由起夫を見つめながら言った。

「どうして知ってるんですか？」

「えっ……」

「わたし、子供のころ児童劇団に入ってたし、中学のときも演劇部だったんです」

「そっ、そうなんだ……」

　思ってもみなかった展開に、由起夫は逆に戸惑った。

「でっ、でも、代役なんて大変じゃない？　しかも、ミュージカルだから、歌ったり踊ったりしなくちゃいけないし……」

「できますよ、いちおう。いまでも趣味でボイトレ受けてるし、児童劇団のときダンスも習ってたし」

「なっ、なるほど……」

由起夫は自分の見る目のなさに失望した。彼女はてっきり読書好きの文科系女子だとばかり思っていたのに、そんな特技があったなんて夢にも思っていなかった。

2

乃愛の話は嘘ではなかった。

演劇部の稽古に参加した彼女は、清涼感あふれる歌声とキレのあるダンスで部員たちを圧倒した。身長一六五センチと女子にしては背が高いから舞台映えするし、なにより黒縁メガネをはずした素顔にどよめきが起こった。乃愛が校内一の美少女の代役を務めることに、文句を言う者は誰もいなかった。

文化祭まで二週間というタイトなスケジュールの中、稽古はフルピッチで進められた。乃愛を推薦した手前、由起夫も毎日様子をうかがいにいった。

演劇のことなどなにもわからなくても、日に日に稽古が熱を帯びていくのを感じた。間違いなく、乃愛の歌と踊りが全体を引っぱっていた。

「見直しましたよ、先生」

普段は生意気な口ばかりきいている演劇部員たちも、そんなことを言ってきた。

「彼女なら桜子の代わり、立派に務めてくれそう」

由起夫は鼻が高かった。実際のところ、たいしたことはなにもしていないのだが、乃愛が活躍してくれれば素直に嬉しいし、演劇部員たちの態度もあらたまりそうだったので、頑張ってほしかった。

しかし……。

文化祭の公演は大失敗に終わった。

理由は簡単で、乃愛が頑張りすぎてしまったのだ。スポットライトを浴びるや完全に眼つきが変わり、自分ばかりが目立とうとした。協調性を失った芝居は途中で何度も中断を余儀なくされ、乃愛がまた勝手に歌いだしたりするから、最後のほうはほとんど収拾がつかなかった。

ただ失敗しただけならまだいい。芝居なんてそのとき限りのものだし、緞帳がおりればすべてがまぼろしのように消えていく——そうなってくればよかったのに、いつまでも後を引く結果になった。

まず、文化祭に来ていた他校の男子生徒に、乃愛が見つかった。「あの美少女は誰だ！」と大騒ぎになり、舞台が終わると彼らに囲まれ、一緒に写真を撮ってほしいという者たちが行列をつくった。芝居の出来はさんざんでも、文化祭の主役は間違いなく乃愛その人だった。

収まらないのは、舞台を台無しにされた演劇部員たちだった。勝手に暴走した乃愛に対する憤りもあれば、彼女ばかりがちやほやされていることに対する嫉妬もあったのだろう。「乃愛ちゃんのほうが桜子よりも全然可愛いじゃん」などという声が聞こえてくれば、面白いわけがない。桜子は演劇部でいちばんの美少女ということになっていたから、桜子より乃愛が上となると、他の演劇部員は全員、乃愛の下ということになってしまう。

いじめが始まった。

昨今のいじめの舞台は、裏アカウントを使ったSNSである。由起夫が確認しただけでも、「ブス」だの「シネ」だのと、乃愛に対する心ない書きこみがいくつも見つかったし、嫉妬の矛先は由起夫にも向いた。

――二年A組の鈴森乃愛は、国語教師・沢野由起夫とデキてんでしょ。

――自分のカノジョを、部外から連れてきて主役にしたってわけね。

――鈴森のほうから誘ったのかも。やりそうな女じゃん。

もちろん、根も葉もないつくり話だったが、その手のゲスな噂はあっという間に拡散されるものだ。火種は演劇部員に違いないが、彼女たちはつくり話とわかっていて噂を流布している。一方、二次的にSNSを見た一般生徒は、本気で信じてしまうから夕チが悪い。火種の人間よりひどい言葉をSNSに書きこんだりする。

やがて学校関係者までが知るところとなり、由起夫は教頭室に呼びだされ、事情を説明するよう求められた。

「事情もなにも、生徒が流しているくだらないデマですよ」

「しかしねえ、火のないところに煙は立たないって言うから……」

「じゃあ、元のソースを辿ってください。根拠もなくこんなデタラメを拡散するのなんて、間違いなく犯罪行為ですよ」

「学校としてはね、沢野くん。事実云々よりも、噂になってること自体を問題にしているわけなんだよ……」

話にならなかった。子供のころから教師を夢見ていた、というほど過剰な期待をもっていたわけではないけれど、それなりに頑張っていまの職に就いた。頑張った報いがこの有様だと思うと、虚しくてしようがなかった。

教育現場のいい加減さに嫌気が差した由起夫は、こんな学校はやめてやろうと思った。そもそも落ちこぼれ扱いで、居心地が悪い職場だったから、愛着も未練もなかった。やめると決めるとせいせいしたが、教壇に立つ意欲もなくなった。パンクしたタイヤのように、体から気力が抜けていくのを感じた。

文化祭から二週間ほどが過ぎたころのことである。

もはやすっかりメンタルを病んでしまった由起夫は、クルマで家を出ても学校に辿りつけなかった。田舎道を抜け、街の景色が見えるところまでは来たが、それが限界だった。ターミナル駅の側の路上にクルマを停めた。
ひどく眠かった。文化祭が終わってから眠れない日々が続いていたせいだろう。すさまじい睡魔が襲いかかってきて、クルマの運転もままならなかった。もはや無断欠勤もやむなしと思ったが、それでもなんとか、学校に病欠を知らせるメールを入れてから、シートに身を預けて瞼を閉じた。

どれくらい眠っていただろう？ 一時間かそこらだと思うが、眼を覚ました由起夫は心臓が停まりそうなほど驚いた。

「んっ？ なっ、なんだっ……」

助手席のシートに、乃愛が座っていたからである。

「なっ、なにやってるんだ？」

夢とうつつのあわいにいた由起夫は、それが現実のことだと思えなかった。

「すいません……」

乃愛は気まずげにうつむいた。

「なんだか学校に行きたくなくて、電車を降りてうろうろしてたら、先生がクルマの中で寝てたから……」

「……学校、行きたくないのか？」

「先生も同じなんじゃないですか？」

乃愛が顔をあげ、視線と視線がぶつかった。お互いに、力のない笑みをもらした。ふたり揃って、ふーっと深い溜息をつく。

彼女とふたりきりで話すのは、放課後の教室で代役を頼んだとき以来だった。稽古の様子をうかがいにいっても、声をかけたことはない。由起夫はずっと、遠くから見守っていただけだ。

「さすがにまいっちまってさ……教師がそんなことしちゃいかんのだが、俺は今日、学校サボりだよ」

「わたしも……今日はサボります……」

だろうな、と由起夫は胸底でつぶやいた。時刻は午前九時をまわろうとしていた。一限目の授業はとっくに始まっている。

「先生、学校休んでなにするんですか？」

「さあな……ただ学校に行きたくないだけさ」

できることなら金輪際行きたくなかったが、それはそれとして、その場に留まっているのはまずい気がした。ターミナル駅のすぐ近くだし、助手席に座っている乃愛は制服姿だった。誰かに見られたらと思うと、急に背筋が寒くなった。生徒はすでに登校しているとしても、保護者が通りかからないとも限らない。

「降りなさい」

由起夫は眼を合わせないで言った。

「こんなところ、誰かに見られたら……」

「いいじゃないですか」

乃愛は恥ずかしそうに双頰を赤く染めながら、けれどもきっぱりと言い放った。

「わたしと先生、付き合ってることになってるんでしょう?」

「馬鹿馬鹿しい」

由起夫は苦(にが)りきった顔になった。

「俺はね、演劇部の子らが困ってたから、よかれと思ってキミに声をかけたんだ。準備期間も短かったことだし、結果は結果でしようがない。なのにあんな噂を流されるなんて、逆恨(さかうら)みもいいところだ」

「わたしはけっこう、嬉(うれ)しかったですよ」

「……えっ？」

由起夫は思わず乃愛を二度見してしまった。

「いまのは……どういう意味？」

「どういうって……」

乃愛は口ごもりながら言った。

「好きな人と噂になったら、女の子なら誰だって嬉しいと思います」

由起夫は言葉を返せなかった。

（俺のことが好きだった？　本当かよ？）

由起夫は決して女にモテるタイプではない。むしろ女運に見放された人生を歩んでいる自覚があったから、にわかには信じられなかった。

とはいえ、思いあたる節がないではない。

夏の日の水飲み場ですれ違ったとき、あるいは放課後の教室で代役を頼んだとき、乃愛は双頬をピンク色に染めていた。内気で人見知りな性格というだけでは説明できない、こちらを意識している空気を感じた。

だいたい、代役の話をふたつ返事で引き受けてくれたのだって、こちらを嫌悪していればあり得ない話だった。いくら演劇の素養があっても、嫌な教師の頼みなんてききたくないのが女子高生だろう。

「……まずい」

フロントガラスの向こうに、乃愛と同じ制服を着た女子高生の姿が見えた。遅刻した生徒らしい。

「頭をさげて」

由起夫は乃愛に身を屈ませて隠れさせると、クルマを発車させた。

3

街を離れ、山へ向かう道を走った。

ふたりとも押し黙っているから、車内の空気は重苦しかった。話題もなければ行くあてもなく、ついでに言えば食欲もなかった。

正午が近づいてきたので、

「なにか食べるかい？」

乃愛に訊ねても、首を横に振るばかりだった。

「朝も抜いてきたんですけど、食欲が全然ありません」

由起夫も同じだった。このところずっと、食欲を感じる神経が消えてなくなってしまったような、おかしな感じだった。なにか口にしなければ体に悪いと思っても、ゼリー飲料くらいしか喉を通らない。

やることもないので、延々とクルマを走らせつづけた。そういうところは、田舎の長所に数えられるのかもしれない。トレンディスポットは皆無でも、先行車も対向車もいないガラガラの道がいくらでもあった。

「ねえ、先生……」

乃愛が申し訳なさそうに声をかけてきた。

「わたし、ちょっとクルマに酔っちゃったみたいです」

「んっ？　そっ、そうか……」

由起夫が運転しているのは、足まわりにガタがきている十年落ちの軽自動車だった。三時間も助手席に座っていれば、気分が悪くなってもしかたがない。

「じゃあ、駅まで送るよ。家に帰って休みなさい」

正直に言えば、由起夫はこのときホッとしていた。ようやくこの重苦しい空気から解放される、と思ったからである。

しかし乃愛は、

「家には帰りたくありません」

きっぱりと言い放った。

「だって、こんなに早く帰ったら、学校サボったのバレちゃうじゃないですか」

「……たしかに」

となると、どこかの店で休憩するのがベターだが、街に戻ってカフェの類いに入る気にはなれなかった。もちろん、誰かに見つかるリスクがあるからだ。高速に乗って一時間も走れば、それなりに大きな地方都市に出られるのだが、クルマ酔いをしている女子高生にはちょっと酷だ。

（まいったな……）

どうしたものかと思いあぐねていると、ラブホテルの看板が眼に飛びこんできた。紫に白の文字で「ＨＯＴＥＬ　アムール」。看板からして古くさい昭和の匂いが漂っていたが、

「そこに入って少し休むか？」

由起夫は反射的に言っていた。あっさりそんな台詞を口にした自分に、自分でも驚いていた。おそらく、やましい気持ちが微塵もなかったからだろう。休憩するのに他に適当な選択肢もない。

峠の麓にポツンと一軒あるラブホテルだった。街からも少し離れているし、いくらなんでも、真っ昼間からこんなところで誰かに出くわすことはないはずだ。というか、いまどきこんな古くさいラブホテルを利用する者がいるのだろうか？

「入ってもいいかい？」

「……はい」

乃愛がうつむいたまま小さくうなずいたので、由起夫はハンドルを切ってラブホテルの敷地に入っていった。予想通り駐車場はガラガラで、他に停まっているクルマは一台もなかった。

（俺はなにをやっているんだろうな……）

由起夫は年季が入りすぎて生地が破けそうなソファにもたれ、ミネラルウォーターのボトルを呷っている。

古ぼけたラブホテルの部屋だった。本当はビールが飲みたかったし、もっと強い酒でもいいが、ハンドルキーパーとしてそれはできない。とはいえ、水なんていくら飲んでも自己嫌悪をやり過ごすことができないから、溜息ばかりが口からこぼれる。

制服姿の教え子をラブホテルに連れこんだ高校教師――いくら言い訳をしてみたところで、客観的な事実はそういうことになる。「同じホテルにいただけで、男女の関係はいっさいない」というのは、不倫スキャンダルを起こした有名人がよく口にする台詞だが、誰も信じてなどいない。そもそも、高校教師と教え子では、ラブホテルに入ったこと自体が問題になる。しかも、ふたり仲よく学校をサボっている。

バレたら身の破滅だ。

乾いた笑いがこみあげてきそうになった。念願だった教職の仕事は由起夫の期待に応えるものではなく、幻滅と失望ばかりの毎日だった。あんな学校はやめるつもりだし、その決意が覆ることはないだろう。数日中に心療内科に行って診断書をもらい、学年末を待たずに職員室から姿を消す。ならば、身の破滅なんて恐れるに足りないことではないか？　だいたい、由起夫は悪いことなどしていない。「ラブホテルに入った男女がなにもしないわけはない」という論理が通るなら罪なのかもしれないが、実際になにもするつもりはないし、クルマに酔った生徒を休ませているだけなのだ。

乃愛はベッドで横になっている。チラリとそちらを見て、深い溜息をもらす。

（どうしてこんなことになっちまったんだろうな？）

生徒とふたりでいじめを受け、一緒に学校をサボらなければならない運命に、悪態をつきたくなる。

いったいなにが悪かったのだろう？　演劇部員でもない彼女が、舞台で舞いあがってしまったのはしかたがない。代役を頼んだのが悪かったのか？　代役が必要なら演劇部内から出すべきだと、部員たちを突っぱねるべきだったのか？

「先生……」

乃愛のか細い声が聞こえてきたので、由起夫はソファから腰をあげ、ベッドに近づいていった。

「大丈夫かい？」

乃愛はすでに三十分ほども横になっていた。普通のクルマ酔いなら調子を取り戻してもよさそうなものだが、表情が冴えなかった。青ざめているわけではなく、黒縁メガネの奥にある眼がひどく潤んで、いまにも泣きだしそうだ。

「悔しくないですか？」

「……なんの話だ？」

由起夫が首をかしげると、

「だって……」

乃愛は上体を起こして見つめてきた。

「わたしたちなんにも悪いことしてないじゃないですか。なのにどうして、ネットであんなひどいこと書かれなきゃいけないんだろう」

「わかるよ」

由起夫は遠い眼で乃愛を見た。ＳＮＳによる乃愛への誹謗中傷は日々エスカレートしていくばかりで、威嚇恫喝、人格否定ばかりか、「パパ活で体を売っている」とまで書かれていた。もちろん、乃愛は売春をするような生徒ではない。

十七歳のナイーブな心を思えば、気の毒という言葉ですまされない。

「先生は大丈夫ですか?」

「んっ?」

「わたしが受けてる嫌がらせ、SNSだけじゃないんです。上履きを隠されたり、体操着をゴミ箱に捨てられたり、昨日なんて鞄の中に腐ったミカンを入れられました。信じられない……もう本当にいやっ!」

バンッ、バンッ、と乃愛はベッドを叩くと、次の瞬間、泣きだした。限界ぎりぎりまでふくらんでいた風船が、爆発したような感じだった。当たり前だが、よほどこらえていたのだろう。耐え難きを耐え、我慢に我慢を重ねてきたのだ。

「ねえ、どうしてっ! どうしてわたしたちがこんな目に遭わなくちゃいけないんですか、先生っ!」

乃愛はベッドをバンバン叩きながら泣きじゃくりはじめた。幼な子のような手放しの号泣だったので、由起夫は反射的に彼女を抱きしめた。教師と生徒という関係を考えれば、抱きしめていい相手ではなかった。しかし、それ以外にどうしようもなかったのだ。

「悔しいっ！　悔しいっ！」

由起夫に抱きしめられていても、乃愛は泣きじゃくることをやめなかった。むしろますます激しく声をあげ、ジタバタと暴れる。ベッドを叩くかわりに、由起夫の背中をバンバン叩く。

由起夫の脳裏には、教室の片隅で背筋を伸ばして本を読んでいる乃愛の姿がよぎっていった。あの日陰の花に、こんなにも激しい感情が隠されていたことに驚く。さぞやつらい毎日だったろうと、想像するとこちらまで涙が出てきそうだ。

「先生……」

ひっ、ひっ、と嗚咽（おえつ）をもらしながら、乃愛がこちらを見た。しかし、派手に泣きじゃくったせいでメガネのレンズが白く曇（くも）り、表情がうかがえない。

「メガネ、はずしてもらっていいですか？」

乃愛が眉根を寄せて頼んできたので、

「あっ、ああ……」

由起夫はうなずき、両手を乃愛の顔に伸ばしていった。左右のつるをつまみ、耳に引っかからないようにそっとはずしていく。

妙にドキドキした。生まれて初めて女の体からパンティを脱がしたときのことを思いだし、あわてて余計な想念を頭の中から叩きだす。

メガネをはずした。ＡＩイラストのように整った乃愛の顔は、号泣によって紅潮していた。赤く染まった双頰が涙に濡れ光っている様子が、どうしようもなくエロティックだ。

「ねえ、先生……」

焦点がうまく合わない眼ですがるように見つめてくる。

「わたし、悔しい……」

「わかる……わかるよ……」

「悔しくてしようがないから、噂を本当にしちゃいませんか？」

「どっ、どういう意味だよ？」

由起夫がこわばった顔で問い返すと、乃愛がぎゅっとしがみついてきた。

4

桃の匂いがした。

しがみつかれ、見つめあっている乃愛からは、夏の水飲み場ですれ違ったときに嗅いだ匂いが漂ってきた。

「抱いてもらってもいいですよね、先生？」

そんなことを言われても、由起夫は困惑することしかできなかった。三十一歳と十七歳、教師と生徒——どう考えても、抱いていい相手ではない。

しかし、だからといって乃愛の体を押し返すこともできず、心が千々に乱れていくばかりだった。ドクンッ、ドクンッ、と心臓が早鐘を打っていた。いままでなかったはずの邪な思いが、胸の奥に浮かんでは消えていく。

乃愛はただの生徒ではなかった。お互いに学校中からつまはじきにされる境遇にいる、言ってみれば同志のようなものであり、同志を慰めてやることができるのなら、モラルや倫理を飛び越えてもいいかもしれない……。

いや、実のところ由起夫は、もっとずるい考えにとらわれていた。

どうせ学校はやめるのだから、少しはいい思いをしてもいいのではないか……。

黒縁メガネをはずした乃愛は、とびきりの美少女だった。ＡＩイラストめいた人工的な顔の持ち主だが、泣きじゃくったあとのいまは、昂ぶった感情が表情に表れ、生身の人間らしいエロスを感じた。しかも、十七歳の女子高生だ。これほどの美少女を抱くことができるのなら、法を冒し、モラルや倫理を踏みにじり、教師という職を失っても充分にお釣りがくる。

「ほっ、本当にいいのか？」

由起夫が抱擁に力を込めると、乃愛は小さく、けれどもきっぱりとうなずいた。

ごくり、と由起夫は生唾を呑みこんだ。生徒を抱くということは、自分をも裏切る行為になるかもしれなかった。事後に訪れる自己嫌悪や罪悪感を思うと、背筋に戦慄が這いあがっていった。

それでも、もう引き返せそうになかった。

高まる欲望を抑えきれなくなったというより、ふたりの間に漂うおかしな空気が引き返すことを許してくれなかった。レールに乗ってしまった、という抜き差しならない感覚があった。

　ふたりはベッドに座っていた。泣きじゃくりはじめた乃愛を抱きしめるため、由起夫もベッドにあがったのだ。いまは熱く抱きしめあい、見つめあっていた。涙に潤んだ乃愛の黒い瞳は、焦点が合っていなかった。激しく泣きじゃくったせいだけではなく、近眼の人の特徴だろう。

　色っぽかった。初めて彼女の素顔を見たときは、ＡＩイラストめいた造形美にばかり驚嘆させられたが、いまはたまらなく艶めかしい。

　といっても、乃愛はまだ十七歳――制服を脱がしていくほどに、まだ完全に大人の女になりきっていない、細く薄いボディラインが露わになってきた。いけないことをしている実感が、由起夫の胸を揺さぶった。

　バストやヒップにボリュームが足りなくても、素肌の色は雪のように真っ白で、手脚はすんなりと長かった。たまらなく清潔感があり、透明感さえ放っている体に着けられた下着は白――飾り気のないプレーンなデザインが、美少女ぶりをひときわ引き立てていた。

「先生も脱いでください……」

白いパンティとブラジャーだけにされた乃愛は、ベッドに横たわって胎児のように体を丸めた。

「ああ……」

由起夫はスーツを脱ぎ、ブリーフ一枚になって乃愛に身を寄せていった。体を丸めている彼女を、後ろから抱きしめた。

また、桃の匂いがした。シャンプーの残り香などではなく、彼女の素肌が放っている匂いのようだった。美少女は体臭までこんなにも芳しいのかと感嘆しながら、由起夫は彼女の華奢な肩にキスをした。続いて首筋、耳、と順番に唇を押しつけていくと、乃愛はきつく身をこわばらせた。

(この反応は……やっぱり……)

処女なのだろうな、と由起夫は胸底でつぶやいた。いまどきの十七歳ならセックスくらいしていても不思議はないが、乃愛はどう見てもそういうタイプではない。由起夫には処女を抱いた経験がなかったから、不安や心配がないではなかった。しかし、もはやなるようにしかならないだろう。

「んんんっ……」

後ろから双乳に手を伸ばしていくと、乃愛はくぐもった声をもらした。ブラジャー越しにも、それほど大きなサイズでないことがわかった。男の手のひらにすっぽり収まるくらいだろうか。

がっかりはしなかった。由起夫は巨乳にこだわりが強い男ではないし、それよりも発展途上の細い体にそそられた。バックハグの体勢だから、乃愛のヒップはこちらの股間に密着している。小さくても丸みの際立つ、青い果実のようなフォルムに身震いが起こる。そこに密着している由起夫の股間も熱くなり、ブリーフを突き破りそうな勢いで勃起していく。

「んんんっ……あああっ……」

悶える乃愛の双乳を、由起夫は揉みしだいた。すぐにブラジャー越しでは我慢できなくなり、背中のホックをはずしてしまう。カップをめくると、可愛らしい乳房が恥ずかしげに顔をのぞかせた。由起夫は彼女の後ろにいるからよく見えなかったが、サイズの見立ては間違っていなかったようだ。

由起夫は生身の隆起を裾野からすくいあげ、やわやわと指を食いこませた。ゴム鞠のような弾力に、若さを感じた。けれども、性感はそれなりに発達しているようで、乳首を指先でくすぐってやると、もじもじと身をよじりだした。

「くっ……くうっ……」

真っ赤になって声をこらえている姿が可愛かった。由起夫は、あわてずじっくり左右の乳首を愛撫した。指先でくすぐるだけではなく、つまんだり転がしたり、さらには指に唾液をつけてくりくりしてやる。

「くくっ……ああっ……」

乃愛が声をこらえきれなくなると、彼女の体をこちらに向けた。乃愛は由起夫の左側にいたから、左腕で腕枕をしてやる。

「ううっ……」

乃愛はうつむき、長い睫毛をふるふると震わせている。その体勢になると、露わになった双乳が由起夫からよく見えた。隆起全体もまぶしいくらいに白かったが、先端はその素肌に溶けこみそうなほど淡い、清らかなピンク色だった。

だが由起夫は、乳首への愛撫を続けるのではなく、乃愛の頬を手のひらで包んだ。涙はすでに乾いていたが、熱さが伝わってきた。

「……ぅんっ！」

キスをすると、乃愛は眼を真ん丸に見開いた。だがすぐに、瞼を半分落とした。陶然とした表情になって、口づけを受けとめた。

（ファーストキス、なのかな……）

由起夫が口を開くと、乃愛もおずおずと口を開き、舌と舌とが重なった。動きださない乃愛の舌をまさぐり、からみあわせた。乃愛は鼻奥で悶えるばかりで、やはり舌を動かさなかったが、由起夫は激しく興奮した。甘酸っぱい吐息の匂い、小さくてつるつるした舌の感触、せつなげに眉根を寄せた表情――それらが渾然一体となり、三十一歳の男を淫らな境地へといざなっていく。

「うんあああっ……」

舌と舌とをからめながら再び乳首をいじりはじめると、乃愛は声をあげて身悶えた。紅潮した顔に、戸惑いと焦りが浮かんでいる。成りゆきでこんなことになってしまったけれど、ようやくセックスしているという実感が訪れたのかもしれない。

要するに感じはじめたのだ。

ならば、と由起夫は右手を彼女の下半身に伸ばしていった。びっくりするほど薄いお腹(なか)を撫でまわし、さらに太腿まで手指を這わせていく。腰の位置が高いから、乃愛の脚はすらっと長く見えるけれど、太腿にはむちむちした量感がある。

「ああーっ！」

右手の中指を割れ目にあてがうと、乃愛はあわあわと取り乱した。まだパンティの上からだったが、怯(おび)えた顔で全身をこわばらせている。

由起夫はこんもりと盛りあがった恥丘を撫でながら、じわじわと乃愛の両脚を開いていった。やがて、指腹が肉穴の入り口をとらえた。股布越しに、ぐにぐにした柔肉の感触が伝わってきた。

「ああっ……あああっ……」

すがるような眼を向けてきた乃愛と視線をぶつけあいながら、由起夫は指を動かした。肉穴の入り口付近からクリトリスの上を通過して、こんもりした恥丘へ——力を込めすぎないように細心の注意を払いつつ、執拗(しつよう)に割れ目をなぞった。

やがて、コットン製の股布がじんわりと湿ってきた。濡れてきた、という手応えに、由起夫の体温は一気に上昇した。

濡れてきたということは感じているということだ。左腕で肩を抱いている乃愛の体は、細いし薄いし発展途上の若さだけが伝わってくる。それでも感じているのだから、もう女なのだ。もしかすると、処女を捨てて完全なる大人の女になりたいという無意識の欲望が、教師に体を預けるという禁断の道を選ばせたのかもしれない。

「せっ、先生っ！　先生っ！」

乃愛がいまにも泣きだしそうな顔でしがみついてくる。しかし今度は、理不尽ないじめに遭い、悔しさに耐えきれず涙を流そうとしているわけではなかった。

「気持ちいいのかい？」

耳元でそっと訊ねると、乃愛は顔を伏せたままコクコクとうなずいた。恥ずかしがっているが、感じているのは間違いなさそうだったので、由起夫は右手をパンティの中に忍びこませていった。

猫の毛のように柔らかな陰毛に触れた。と同時に、指にじっとりした熱気がからみついてきて、ごくりと生唾を呑みこむ。

乃愛はきつく眼を閉じて身をこわばらせている。眉根を寄せた祈るような表情をうかがいつつ、由起夫はさらに奥まで手指を這わせていった。息をとめて、柔肉に触れた。湿り気はあったがヌメリまでは感じなかったので、いったん手指を抜き、中指に唾液をつけてからあらためてパンティの中に侵入していく。

「んんんーっ！」

割れ目の上で指をすべらせると、乃愛の顔はぎゅっと歪んだ。由起夫は唾液を潤滑油（じゅんかつゆ）にして、割れ目を何度もなぞった。やがて、奥から滲（にじ）みだしてきた蜜が唾液に混じりあい、じわじわとすべりがよくなってきた。

5

乃愛はよく濡れる女だった。

割れ目の奥から蜜が滲みだしてくるまでは時間がかかったが、いったん滲みだしてくるとヌルヌルになるまであっという間で、パンティの中に淫らな熱気がこもった。

（処女なんだよな？）

由起夫には乃愛がそうである確信があったが、それにしては濡らしすぎのような気もする。とはいえ、これが初体験であるなら、間違っても乱暴な扱いはできない。興奮にまかせて指に力を込めすぎないよう、必死に自分を抑える。

（これ以上、手マンをしてると危ないぞ……）

うっかり割れ目をひろげてしまいそうな自分が怖くなり、由起夫はパンティの中から手指を抜いた。ソフトに愛撫するなら指より舌のほうがいいだろうと、上体を起こして乃愛の足のほうに移動する。

十七歳の裸身に残った最後の一枚――白いパンティの両サイドをつまみあげると、乃愛は真っ赤に染まった顔を両手で覆い隠した。

「腰あげて」

由起夫は声をかけ、乃愛が腰を浮かせると、パンティをおろしていった。まず飛びこんできたのが、黒々とした草むらだった。由起夫は声をあげてしまいそうなほど驚いた。ＡＩイラストのような顔と清潔なスタイルをもつ乃愛なのに、陰毛だけがやけに野性的に茂っている。そこだけが獣じみていると言ってもいい。

触り心地は猫の毛のように柔らかかったのに、逆三角形の堂々とした生えっぷりだった。両脚をひろげていけば、割れ目のまわりにまで黒い翳りが流れこんで、もう少しですべてを覆い隠してしまう勢いである。

とはいえ、じめじめ湿った草むらの様相はいやらしく、それに縁取られたアーモンドピンクの花びらは、驚くほど清らかな色合いだった。くすみもなければ縮れもなく、美しいシンメトリーを描いてぴったりと口を閉じていた。

(すっ、すげえ匂うな……)

十七歳の秘部に視線を奪われながらも、由起夫は一瞬、眼を泳がせた。乃愛の両脚の間から漂ってくる匂いのせいだった。発酵しすぎたヨーグルトみたいというか、熟成しきったナチュラルチーズというか、いままで体を重ねた女の体からは漂ってきたことがないほど強烈な匂いだった。

とはいえ、鼻をつまんで顔をそむけるような失礼なことはできないし、処女の陰部は匂いが強いという話を聞いたことがあった。セックスの経験がない女には陰部を丁寧に洗う習慣がないかららしいが、そうであるなら乃愛はやはり、処女である可能性が高いのだろうか?

もちろん、正解はすぐにわかるわけだし、どれだけ強い匂いを放っていようが、クンニリングスをする気力が挫かれたりもしなかった。むしろ、清らかな見た目と強烈な匂いが起こしている卑猥なハレーションに興奮させられ、口づけをせずにはいられなかった。

「あううっ！」

割れ目にぴったりと唇を密着させると、乃愛は甲高い悲鳴を放った。感じているというより、恥ずかしさをこらえきれないようだったが、由起夫はかまわず舌を差しだし、割れ目をなぞるように舐めはじめた。

「むううっ……むううっ……」

そんなつもりはないのに、鼻息がみるみる荒くなっていく。野性的に茂った逆三角形の草むらを、はずむ鼻息で揺らしながら舌を動かす。

下から上に、下から上に、ねちっこく舐めあげていくと、あふれだした新鮮な蜜が舌にからまり、女体の興奮を伝えてきた。あれだけ強く感じた匂いも、舐めているうちにわからなくなるところはナチュラルチーズによく似ていた。

顔をあげて乃愛を見れば、もう両手で顔を覆い隠していなかった。しっかりと眼をつぶって眉根を寄せ、小鼻を赤く染めた表情がいやらしすぎた。顔立ちが人工的なＡＩイラストのようなだけに、逆に生々しい興奮が伝わってくる。

そう、乃愛は興奮していた。発情していたと言ってもいい。あとからあとからこんこんとあふれてくる新鮮な蜜が、なによりの証拠だった。次第に舌の動きに合わせ、腰を浮かせたり身をよじったりもしはじめた。

「むううっ……むううっ……むううっ……」

由起夫は夢中になってクンニリングスに没頭した。割れ目を舐めまわし、蜜を啜りあげるほどに、正気を失っていく自覚があった。いや、本能が理性を凌駕していく感覚、と言ったほうが正確だろうか。

いままでは、まだどこかに余裕があった。誘ってきたのは乃愛のほうだし、学校にはどうせやめるからと、出された据え膳をいただくような感じで、乃愛とのセックスを開始した。

けれども、クンニをしているうちに、本能に火がついた。この女が欲しいという抑えきれない欲望が、身の底からこみあげてきた。さして経験があるわけではないが、前戯の途中でこんなにも昂ぶった記憶はない。

乃愛のせいだった。恥ずかしさを懸命にこらえながらも、喜悦に悶える姿がエロティックすぎた。教室で本を読んでいる姿からはセックスの匂いなんて微塵も感じないのに、いまばかりは十七歳の清潔な体に淫らな欲望を宿している。

もう我慢できなかった。

由起夫は上体を起こすと、蜜で濡れた口を拭いながら乃愛を見た。おずおずと薄眼を開けた乃愛が、「ひっ」と小さく悲鳴をもらす。

由起夫の眼つきが尋常ではなく険しかったからだろう。男は興奮すると表情が険しくなるものだ。それまで経験したことがないほど興奮していたから、鬼の形相をしていたのかもしれない。

ブリーフをおろすと、勃起しきった男根が唸りをあげて反り返った。

それを見た乃愛がまた、「ひっ」と悲鳴をもらす。紅潮した顔を怯えにひきつらせながら、そそり勃った男の器官を横眼で見ている。

由起夫はかまわず乃愛の両脚の間に腰をすべりこませた。枕元にはコンドームが置かれていたが、外に出せばいいと眼もくれなかった。

（処女を相手にゴム装着なんて、不粋すぎるからな……）

勃起しきった男根を握りしめ、生身の切っ先を割れ目にあてがう。ヌルリとした感触に身震いしながら、上体を乃愛に覆い被せていく。右腕を彼女の首の後ろにまわし、華奢な肩を抱きしめる。

「初めてなんだろう？」

見つめあいながら低い声で訊ねると、乃愛は顔をそむけた。イエスともノーとも言わないまま、ふうふうと息をはずませている。

「どうした？」

「いえ……その……」

乃愛は口ごもりながら小声で言った。

「処女だって言ったら、先生、抱いてくれなくなるかもって……」

「そんなわけないじゃないか」

由起夫は唇と唇がくっつきそうなところまで顔を接近させ、戸惑いと欲情で焦点の合っていない乃愛の眼をのぞきこんだ。性器と性器を密着させるところまできて、いまさら引き返せるわけがない。

「俺は……鈴森が欲しいよ……」

「……嬉しい」

乃愛は噛みしめるように言ってから、気まずげな上眼遣いでこちらを見た。

「でも……名字じゃなくて名前で呼んでほしい……」

「……乃愛」

由起夫は照れくささに眼を泳がせてから、甘くささやいた。カッコつけている自分の態度がこそばゆくなり、息をとめて腰を前に送りだした。非処女と違い、簡単に入れそうもなかったので、つん、つん、と亀頭で入り口を軽く突く。

「乃愛……乃愛……」

「ああっ、先生っ！　先生っ！」

乃愛がしがみついてきたので、由起夫も抱擁に力をこめた。そうしながら、つん、つん、と入り口を突きつづける。場所は間違っていないはずだが、入っていける気がしなかった。それでも由起夫は覚悟を決め、ぐっと亀頭を押しこんだ。

「ひっ、ひぎぃいいいいーっ！」

乃愛の口から奇声が迸（ほとばし）った。それでもしがみついてくるのをやめないから、由起夫は心を鬼にして未開通の肉穴に切っ先をねじりこんでいく。なかなか入っていけないので、顔中から脂汗が噴きだしてきた。やがて、ずぶっ、と亀頭が沈む感覚が訪れると、その機を逃さず一気に奥まで貫いていった。

（奪った……）

そういう実感があった。十七歳の美少女のヴァージンを、自分が喪失させたのだ。その事実に、体中の血が沸騰しそうなほど興奮した。乃愛にとって、自分が初めての男となったわけだ。彼女を抱いたことがあるのは由起夫だけだし、この先誰に抱かれても初めての男という事実は変わらない。この美しく清潔な体に、自分の印を刻みつけたのだ。

「むううっ……むううっ……」

気がつけば、腰が勝手に動きだしていた。乃愛は歯を食いしばって悲鳴をこらえていたが、未踏の処女地をずぼずぼと穿ってやると、涙を流して泣き叫びはじめた。

痛いに違いなかった。破瓜の痛みは尋常ではないというから、乃愛はいま地獄の苦しみを味わっているに違いない。

それでも由起夫は抜き差しをやめる気にはなれなかった。中途半端に終わらせたりしたら乃愛が可哀相だし、なにより興奮しきっていた。

セックスは感度の高い女が相手のほうがいいし、女が燃えれば男も燃える。それはそれで真実なのだろうが、美少女からヴァージンを奪うのは、普通のセックスとはまるで違う興奮の境地にいざなってくれた。

男根をきつく食い締めてくる処女肉を突けば突くほど、体中にエネルギーがみなぎっていった。童貞を捨てたときよりも、男としての自信を与えてくれた。こんなにも支配欲を満たしてくれるセックスをしたのは生まれて初めてであり、我を失いそうな熱狂が腰の動きを速めていく。

ずんずんっ、ずんずんっ、と無慈悲なまでに突きあげては、乃愛から苦悶の涙を絞りとる。あえいでいる口にキスをして、舌をしゃぶりまわしてしまう。小ぶりな乳房を揉みしだいては、清らかなピンク色の乳首を吸う。

俺の女だ——そう思った。

成りゆきで始まったセックスだった。乃愛に告白されたし、ベッドにも誘われたが、お互いの気持ちを確かめあい、なんらかの約束をして、体を重ねたわけではない。けれども、処女を奪ったことで、由起夫の心境は劇的に変化した。

いま腕の中で泣き叫んでいる女が、自分の女でなければなんなのだろう？　欲望を満たすための行為にしては、由起夫は乃愛からずいぶんとたくさんのものを奪ってしまった。

「責任」という言葉が、柄にもなく脳裏をよぎっていった。奪った男には、奪ったなりの責任がある。普通は気を滅入らせる「男の責任」というやつが、いまは胸を熱くした。責任を取りたかった。乃愛を自分の女にしなければならないと固く決意し、胸に誓う。

「おおおっ……おおおおっ……」

由起夫は野太い声をもらしながら全身を小刻みに震わせた。限界が訪れようとしていた。射精の前兆が下半身をざわめかせ、男根の芯を熱く疼かせている。

「だっ、出すよっ……」

絞りだすような声で言うと、乃愛はぎゅっと眼を閉じたままコクコクとうなずいた。由起夫はフィニッシュの連打を開始した。コンドームを着けていないから、中で出すわけにはいかなかった。最後の一打を打ちこむと、男根を引き抜いた。乃愛の蜜でネトネトになった肉棒を握りしめ、野太い声をもらしながらしたたかにしごく。

「おおおっ……出るっ……出るっ……」

乃愛が眼を開けた。両脚を開いたあられもない格好のまま、眼を真ん丸に見開いて男根をしごいている由起夫を凝視する。

「おおおおーっ！　うおおおおおおおーっ！」

雄叫びをあげて腰を反らした瞬間、男根の芯に灼熱が走り抜けた。ドピュッと音がしそうな勢いで放出された白濁液が、乃愛の薄い腹部に着弾する。ドピュッ、ドピュッ、ドピュッ、ドピュッ、と続けざまに放たれ、乃愛の真っ白い素肌を男くさい粘液で穢していく。

たまらなかった。

これほどすさまじい快感を味わったことは一度もなく、由起夫は身をよじりながら射精を続けた。喜悦の嵐に揉みくちゃにされ、なにも考えられなかった。それでも、眼を見開いて自分の射精を凝視している女が、自分の女であることに一点の疑いももっていなかった。

第三章　華やかな迷宮

1

智実を置き去りにしてラブホテルを飛びだした由起夫は、夜明け前の真っ暗な街をめちゃくちゃに歩きまわった。スマホには智実からしつこく電話がかかってきたが、無視しているとやがて着信音は鳴らなくなった。

（もう二度と〈ルーザー〉には戻れないな……）

息をはずませて早足で歩きながら、由起夫は胸底でつぶやいた。智実はひとりの男に執着（しゅうちゃく）するタイプの女ではない。去る者は追わずというのがポリシーだから、さっさと次の男を見つけるだろう。

宿無しになってしまったけれど、後悔はなかった。正確に言えば、後悔することもできないほど混乱していた。

意識したわけではないけれど、由起夫は上野のはずれから新宿方面に向かって歩いていた。四谷あたりで、漆黒（しっこく）だった空が群青色（ぐんじょういろ）に変わってきた。夜明けが近いようだった。

まだ街は寝静まっていたが、コンビニだけは煌々（こうこう）と灯（あか）りをともしていた。入っていくと、新聞ラックの前のビニールに包まれた今日の朝刊が積まれていた。

「すいません。今朝のスポーツ新聞、全部ください」

店員に声をかけると、面倒くさそうにビニールから一部ずつ出してくれた。全部で五紙あった。

会計を済ませて外に出ると、灯りがもれている店の前で新聞をひろげた。目当ては芸能面だったが、五紙のうち二紙は一面で乃愛の記者会見をとりあげていた。

――衝撃！　トップアイドルは子持ちだった！

――鈴森乃愛は既婚者！　二歳児の母であることも告白！

内容自体は先ほどニュース番組で知ったことばかりだったが、世間の反響は予想以上に大きいようだった。一面で扱われているということは、世間をあっと驚かせたということである。一面で扱っていない三紙も、芸能面で大々的に乃愛の記者会見をとりあげていた。

――「夫に帰ってきてほしい」鈴森乃愛、悲痛な訴え！

――子持ちがアイドルじゃダメですか？

――乃愛ファン大号泣！「裏切られた思い」

乃愛の告白は世間を驚かせただけではなく、反発も買っているようだった。当たり前だ。不倫でもなんでもない、健全な男女交際の報道があっただけでファンにそっぽを向かれるのが、アイドルという職業なのである。

処女性を特別視することの是非（ぜひ）はともかく、そういった特殊な世界であることを理解したうえで人気稼業（かぎょう）に足を踏み入れ、ファンに支えられていたのだから、アイドルが恋人をもつのはルール違反と言っていい。ましてや既婚者で子持ちであることを告白するなんてあり得ない。乃愛のファンは今夜、眠れない夜を過ごしているのではないだろうか？

スポーツ新聞でもこの有様ということは、ネットはさらに大炎上しているに違いなかった。恐ろしくてSNSを確認する気にはなれなかったが、「鈴森乃愛」のワードがトレンド入りしていることは間違いない。

（それにしてもなんで……）

一年前、由起夫は彼女の元を去るとき、離婚届を置いてきたのだ。てっきり提出されているものだとばかり思っていたのに、乃愛はバツイチではなく既婚者であると言った。夫が帰ってくるのを待っていると……。

（いまさら帰れるわけがないよ……）

由起夫は胸底で吐き捨てると、スポーツ新聞をすべてゴミ箱に押しこみ、白々と明けてきた空の下を歩きだした。

乃愛の気持ちがわからなかった。アイドルとしてダメージを受けることが必至の記者会見を開いた意味がわからない。

アイドルが結婚して子供を産み、ママタレに転向するのはよくあることだが、乃愛はまだ二十一歳。ママタレになるには早すぎるし、なにより転向する必要がまったくないほどアイドルとして成功している。黙っていればさらに高いステージへとのぼりつめることができたはずなのに、いったいなにをやっているのか？

時間は四年前に遡る——。

峠の麓にある古ぼけたラブホテルで処女を奪ったことにより、由起夫には重大な心境の変化があった。

有り体に言って、乃愛に恋をしてしまったのだ。いくら彼女が美少女でも、好きだと言われて嬉しくても、体を重ねる前にそんな気持ちはなかった。三十路を過ぎたいい大人が言う台詞ではないだろうけれど、恋としか呼べない熱い感情が、由起夫の胸をいっぱいに満たしていた。

「大丈夫かい？」

乃愛の腹部に撒き散らした自分の精液をティッシュで拭いながら、由起夫は訊ねた。乃愛はもう泣いてはいなかったが放心状態で、長い手脚をベッドに投げだしたまま、ぼんやりと天井を見上げていた。両脚の間のシーツには、破瓜の証左である赤い血がしっかりとついていた。

「あんまり……大丈夫じゃないです……」

蚊の鳴くような声が返ってきた。乳房や草むらをさらけだしていることに気づき、恥ずかしそうに両手で隠す。

「すまない。痛そうだったものな。だが途中でやめると……」

「そうじゃなくて……」

乃愛が遮った。

「痛いことも痛かったですけど、そんなことはべつに……」

「じゃあ……」

「嬉しいんですよ。先生に抱かれて嬉しい、大人の女になれて嬉しい……でも、それを素直に喜べないほど感動してるっていうか……わたし、本当に先生とセックスしたんですよね？」

「ああ……」

由起夫はきっぱりとうなずいた。

「これで乃愛は、俺の女になったわけだ。仲よくやっていこうな」

「えっ？」

乃愛が眼を見開いた。驚愕しているようだった。彼女にしても、ふたりの関係が継続されるとは思っていなかったのだろう。

「なってくれるだろう？　俺の女に……」

乃愛はすぐには言葉を返してこなかった。言いたいことはあるが口から言葉が出てこない――そんな感じであわあわしていた。

だがやがて、

「嬉しい……」

乃愛は紅潮した顔を両手で覆い、さめざめと泣きはじめた。いじめを受けている境遇を悔しがったり、破瓜の痛みに耐えかねたり、その日は泣いてばかりの彼女だったが、そのとき流した涙は幸福感だけに彩られていた。

ふたりは翌日から学校に戻った。

こんな学校やめてやるという、由起夫の自暴自棄な決断は翻された。乃愛との関係を継続させるなら、それがいちばん最善の策に思われたからだ。

まわりからは相変わらず冷ややかな視線を向けられたし、ＳＮＳでも罵詈雑言が浴びせられているだろうと想像がついたが、見ないことにしたので関係なかった。

由起夫にはもう、乃愛のことしか眼に入らなかった。彼女の卒業後に結婚、あるいはそれを前提に同棲するにしろ、無職の身では乃愛の親御さんに挨拶もできない。彼女が卒業するタイミングで他の学校に移るためにも、学期の途中で仕事を放りだすような軽率な振る舞いは慎んだほうがいい。

なにより、学校へ行けば乃愛と会える。もちろん、他の生徒が見ている前で親しげに話すことなどできないが、遠眼から見ることができるだけで満足だった。由起夫が冒されている恋の病は、それほど重症だった。

教師と生徒の禁断の関係であれば、付き合うといっても人目につくところでデートすることはできない。おまけに由起夫は実家住まいだし、乃愛もまたそうだった。必然的に、峠の麓にあるラブホテルにばかり行くようになった。

放課後、乃愛は学校の前からバスに乗って峠の近くまで行き、由起夫を待っている。あたりに住宅はほとんどなく、クルマの行き来も少ないところだから、バス停のベンチに座っていても目立たない。クルマで通勤している由起夫は、待っている乃愛をピックアップしてからラブホテルに向かう。

「ああっ、いいいっ！　気持ちいいです、先生っ！」

乃愛は由起夫の腕の中で、女の悦(よろこ)びを覚えていった。処女喪失のときは破瓜の痛みに泣き叫んでいた彼女も、何度か体を重ねているうちに、男女の営(いとな)みとそれにまつわる快感を理解するようになっていった。

由起夫も由起夫で、学校では乃愛に声すらかけられないストレスを、ベッドの上で爆発させた。抱けば抱くほど反応がよくなっていく乃愛の体に、夢中にならずにはいられなかった。

乃愛は自分しか男を知らない。そういう相手に一からセックスを教えこんだ経験が、由起夫にはなかった。いままで想像したこともなかっためくるめく世界であり、もしかすると射精の快感をも上まわるかもしれない充実感を与えてくれた。

たとえば……。

最初は抱きしめるだけで身をこわばらせていたのに、素肌と素肌をこすりあわせる気持ちよさに目覚め、手のひらを這わせるだけで身悶えるようになっていった。乳首などの性感帯に触れる前から息をはずませ、可愛い顔を生々しいピンク色に染めて欲情を伝えてきた。

当たり前だが、十七歳の女子高生にだって性欲はある。じっくりと時間をかけて前戯してやれば、気持ちよくなりたいという気持ちが堅固な羞恥心を破って顔をのぞかせ、驚くほど女の花を濡らしたりする。

「ああああーっ！　はぁあああああーっ！」

秋の真ん中に始まった関係が冬を迎えるころには、由起夫の送りこむリズムに合わせて身をよじるようになった。下から腰を使う、というレベルには達しなくても、ついこの前まで処女だった十七歳が自分のリズムを受けとめてくれることに、由起夫は至上の悦びを覚えた。

2

春が訪れ、乃愛は三年に進級した。

由起夫は新学期になっても担任のクラスをもたせてもらえず、相変わらずの落ちこぼれ扱いだったが、どうだってよかった。乃愛との関係は年をまたいでも続いており、週に一度は峠の麓にあるラブホテルでセックスしていた。もちろん、セックスだけをしていたわけではなく、終わったあとは一緒に半身浴をしたり、コンビニで買ってきたスナック菓子を食べながらいろいろな話をした。

「卒業したらどうするつもりだい？」

「先生と一緒にいたいです」

「それは嬉しいけど、キミにはキミの人生があるじゃないか」

「でも、やりたいこととかべつにないし……」

乃愛は成績がいいほうではなかったから、大学進学はまったく考えていないようだった。そういうタイプの生徒は専門学校に進むことが多いが、将来に対してそれなりに明確なヴィジョンがなければ、どこの専門学校に行っていいかわからない。

乃愛が卒業したら結婚したいと由起夫も思っていたが、いきなり専業主婦というのはいかがなものかと思った。田舎で静かに暮らしていれば、落ちこぼれ教師の薄給でもなんとか養っていけるだろうが、本当にそれでいいのだろうか？

「そんなことより、先生。わたしたち来月誕生日なんですよ」

乃愛は五月生まれの牡牛座であり、偶然にも、由起夫の誕生日はその翌日だった。

「記念にどこかに一緒に行きたいな」

「……そうだね」

由起夫は力なくうなずいた。逢瀬がいつも窓のないラブホテルでは、乃愛も息づまる思いなのかもしれない。その気持ちを考えるとせつなくなったが、近隣には適当なデートスポットなどないし、あっても人目につくところでは連れだって歩けない。

「東京、行ってみたいな……」

乃愛がポツリと言った。

「先生、行ったことあります？」

「進学や就職で上京した友達がけっこういるから、何度か遊びに行ったことはあるけど……東京行ってなにがしたいんだい？」

「べつになにがしたいってわけじゃないですけど、人がたくさんいるところなら、ふたりで歩いても大丈夫かなって……」

「……そうか」

由起夫の胸は締めつけられた。

「ねえ、先生。わたしべつに、特別なところに行きたいわけじゃないです。ただ、街中を先生と一緒に歩いてみたくて……」

「だけど、東京に行くなら日帰りってわけにはいかないよな」

由起夫の家からだと東北新幹線の駅まで一時間近くかかるし、新幹線で東京まで行くのにはさらに三時間かかる。

「泊まってもいいです」

乃愛は真剣な面持ちでまっすぐに見つめてきた。

「友達の家に泊まるって言えば、一泊くらい……あっ、全然豪華なところじゃなくていいんです。ラブホだっていいし……」

「うーん」

由起夫はにわかに言葉を返せなかった。乃愛の父と母は両親揃って公務員であり、かなり厳格に育てられたらしい。だいたい、彼女には友達がいない。友達の家に泊まるなんていう嘘は、一瞬で見破られそうである。

それでも由起夫は、なんとかして乃愛の誕生日に東京に連れていってやりたいと思った。逢瀬はいつもラブホテルで、十七歳の体を好きにしている罪悪感が、思いの根底にはあった。少しは恋人同士のようなことをしてやらなくては、いくらなんでも乃愛が可哀相だし、関係の継続に支障が出るかもしれない。

それに、大都会の人混みの中を乃愛と手を繋いでさまよい歩くのは、たしかに楽しそうだった。由起夫は東京が苦手だった。とくに繁華街の人混みにはおぞけだつばかりだったが、そのときは田舎の閉塞感のほうが息苦しかった。ここにいては絶対に乃愛と寄り添って歩くことはできない。

しかし……。

突然、とんでもない災難が降りかかってきた。新宿のホテルに予約を入れ、新幹線のチケットも押さえ、あと三日で乃愛の誕生日というタイミングだった。

ＳＮＳに由起夫と乃愛が寄り添っている画像がアップされたのだ。クルマの中でキスをしている画像まである。場所は峠の麓にあるラブホテルの駐車場だった。ご丁寧に看板まで背景に映りこんでいる。

（嘘だろ……）

乃愛から連絡を受け、ＳＮＳを確認した由起夫は卒倒しそうになった。あんな人里離れた場所にある古ぼけたラブホテルで、誰かに見つかるとは夢にも思っていなかった。いつ行っても駐車場がガラガラで、ということはつまり利用者も数えるほどなはずなのに……。

投稿者はあからさまに使い捨ての裏アカウントを使っていた。由起夫と乃愛に対する嫌がらせであれば、投稿者は生徒の可能性が高い。女子高生がラブホテルを利用しているなんて、それはそれで大いに問題がありそうだったが、犯人捜しにかまけていることはできなかった。

その日の放課後、由起夫は教頭室に呼びだされた。教頭だけではなく、教務主任や生活指導主任、スクールカウンセラーまでが仰々しく顔を揃えていた。乃愛もいた。両親に挟まれる格好で椅子に座り、背中を丸めて小さくなっていた。

「どういうことなのか、事情を説明していただきましょうか、沢野先生」

教頭が口火を切り、

「いえ……それは……それはその……」

由起夫は情けないほど口ごもった。由起夫がSNSを確認したのはその日の午前中であり、言い訳を考える時間もなかった。いや、そもそも言い訳などできないような決定的な画像をアップされてしまったわけで、自分にできることは全責任を被って乃愛を守ることくらいだと思っていた。しかし、それにしたって、どうすればいいか考えがまとまっていない。

「わたしと先生は愛しあっているんですっ！」

乃愛が金切り声で叫んだので、その場にいた大人たちは仰天した。いつも本を読んでいるおとなしい生徒というのが、教師たちに共有されている乃愛の個性であり、肉体関係ができるまで由起夫もそう思っていた。その彼女がいきなり声を荒らげたのだから、驚かないわけにはいかなかった。

「わたし、卒業したら先生と結婚するつもりです。だから……」

乃愛の言葉は最後まで続かなかった。隣に座っていた母親が顔を真っ赤にして立ちあがり、スパーンッ！と乃愛の頬を張ったからである。乃愛がかけている黒縁メガネが飛び、その場の空気は凍りついた。

「なに言ってるの、乃愛ちゃん。わたしはあなたを、そんなふしだらな娘に育てた覚えはありませんよっ！」

母親がなおも乃愛に手をあげようとしたので、まわりの教師たちがあわててとめに入った。

「お母さん、落ちついてくださいっ！」

「手をあげちゃまずいですよ、手をあげちゃっ！」

それでも母親はおさまらず、

「放っておいてくださいっ！　叩かなきゃわからないんですっ！　高校生のくせに色ボケしちゃうなんて、叩いて眼を覚ましてやらないとっ！」

教頭室は一時騒然とした雰囲気になった。母親を力ずくでとめる者、焦った顔でやめましょうを連呼する者、どうしていいかわからずおろおろする者——そんな中、由起夫はひとり、呆然と立ちすくんでいた。

母親がヒステリックにわめき散らしていても、由起夫の心の中は不思議なくらい静まり返り、なんだか海底にでもいるような気分だった。

乃愛が叩かれた頰を押さえて嗚咽をもらしていた。そんな彼女を気遣うこともできないまま、由起夫はたったひとつの現実を嚙みしめていた。

（乃愛とは、これで終わりだな……）

由起夫は辞職を免れないだろうし、乃愛もへたをすれば退学だ。今後、ＳＮＳがどの程度炎上するかにもよるだろうが、あんな画像がアップされてしまったからには、もうこの学校にはいられない。

申し訳ない気持ちで胸が張り裂けそうだったが、由起夫には乃愛に謝る機会さえ与えられないだろう。乃愛の両親が、間違いを起こした教師と二度と会えないようにするに決まっている。

乃愛のことが好きだった。

三十一歳にもなって、初めて恋愛らしい恋愛をした気になっていた。それまでにも付き合ったことがある女はいるが、乃愛は特別な女だった。処女を奪ったたし、手取り足取り男女の営みを教えてやった。抱くたびに、貫くほどに、大人の女に開花していく乃愛が愛おしくてしようがなかった。

それでも残念ながら、別れを受け入れるしかないだろう。

乃愛はまだ、保護者としての両親を必要としている未成年なのである。

その二日後、由起夫はすべてを捨てる覚悟を決めた。

どこの誰だか知らないが、由起夫が教え子に手を出してしまった件を両親に密告してくれたので、実家の居心地がすこぶる悪くなった。両親ともに高齢なので、いい歳をした息子に説教をしてくることはなかったが、顔を合わせればやりきれない表情で溜息ばかりつくようになった。

学校からはとりあえず無期限の謹慎を言い渡された。しかし、謹慎がとけ、晴れてもう一度教壇に立てる日が来るとは思えなかった。辞表をポストに投函したが、それを受けとった校長や教頭、あるいはその他の教員たちは、心の底からホッとするに違いない。

厄介者が自分から出ていってくれたと……。

職を辞し、家を出たところで、由起夫に先の展望はなにもなかった。行くあてもなければ、生きる目的さえ見失っていた。

ただ、手元には新幹線のチケットが残っていた。乃愛の誕生日を祝うため、東京旅行をするために押さえたものだ。予約した新宿のホテルもキャンセルしたところでキャンセル料がかかるだけなのでそのままだった。べつに東京に用事などなかったが、由起夫は当初の予定通り新幹線に乗りこんだ。

（石をもて追はるるごとく、か……）

車窓からホームを眺めている由起夫の眼は虚ろだった。「石をもて追わるるごとくふるさとを出でしかなしみ消ゆる時なし」というのは、郷里が生んだ異能の歌人、石川啄木が詠んだ歌だ。授業でもよく啄木の話をしていたが、もう二度とすることはないだろう。自分という人間は、教師につくづく向いていなかった。

新幹線の発車を知らせるベルが鳴り、やがて動きだした。由起夫は缶ビールのプルタブを開け、ひと口飲んだ。こんなにも苦い味のするビールを飲んだのは初めてだと思った。

「ここ空いてますか?」

若い女が声をかけてきた。由起夫は顔もあげずに「どうぞ」と言った。もうひと口、ビールを飲む。若い女が隣の席に腰をおろす。

「ハッピバースデー、トゥ、ミー……」

鼻歌を歌いだした。

「ハッピバースデー、トゥ、ミー……ハッピバースデー、トゥ、ミー……ハッピバースデー、トゥ……」

由起夫はハッとして顔をあげた。乃愛が隣に座っていた。

「なっ、なにやってるんだ?」

「先生こそ」

　乃愛は不敵な笑みを返してきた。黒縁メガネをかけていなかった。そのわりには、眼つきがしっかりしていて、視界がぼやけているという様子はない。

「わたし、今日誕生日なんです」

「……知ってるよ」

「晴れて成年になったんです。だからもう、親の言いなりになる義務はありません。わたしはわたしの意思で好きなように生きます」

　由起夫は返す言葉を失った。なるほど、近年の法改正により成年年齢は二十歳から十八歳に引き下げられた。成年になると、親の同意がなくても自分の意思で様々な契約ができるようになるが、だからといってなにもかも自由になるわけではない。高校生などは自活する力がない以上、実質的には親に守られて生きるしかない。

「まさか……」

　由起夫は声を震わせた。

「家出してきたんじゃないだろうな……」

「だから、わたしはわたしの意思で好きなように生きるんです」

乃愛が挑むように見つめてきたので、由起夫も険しい表情で見つめ返した。視線と視線がぶつかりあい、火花を散らす。

「わたしが好きなのは先生だけ……他になにもいらない……親も学校も故郷も、全部捨てても後悔しません」

「……ふうっ」

由起夫は溜息をついてシートに背中を預けた。

（このまま一緒に東京に行ったら……かけおちだぞ……）

とはいえ、新幹線はすでに動きだしてしまっている。次に停まる駅はずっと先だ。こんな状況でジタバタするのは大人げないし、頭ごなしに「帰れ！」と言っても乃愛が従うわけがない。

「メガネ、かけなくて大丈夫なのか？」

とりあえず話題を変えた。

「コンタクトにしたんです」

乃愛は自分の眼を指差し、蕩(とろ)けるような笑顔を浮かべた。

「先生と東京行くときにコンタクトデビューしようって、前から準備してあって……メガネのほうがいいですか？」

「いや……」

由起夫は苦笑まじりに首を振った。

「そっちのほうがずっといいよ」

素顔の乃愛と連れだって、東京の雑踏(ざっとう)を歩いているところを想像した。きっと、すれ違う男という男を振り返らせるに違いない。服装はいささか垢抜(あかぬ)けなくても、ＡＩイラストを彷彿とさせる彼女ほどの美少女は、大都会にだってざらにはいるとは思えなかった。

3

二年の月日が過ぎた。

由起夫と乃愛は、東京世田谷にある静かな街で一緒に暮らしていた。

東京行きの新幹線で乃愛と顔を合わせた由起夫は結局、彼女を家に帰すことができなかった。乃愛はこちらの説得に耳を貸す気がなかったし、一方の由起夫は糸の切れた凧のように人生の指針を失っていた。とりあえず一緒に上京したが、大都会の荒波にふたりで揉まれているうちに離れがたくなってしまい、様々な紆余曲折を経て現在のアパートに落ちついた。

かけおちのようなもの、というか、完全にかけおちだった。

故郷を出たのは乃愛の十八歳の誕生日だったが、いまは二十歳になっている。もはや女子高生の雰囲気はなく、すっかり大人の女になっていた。歳を重ねたから、というより、子供を産んだことが大きいのだろう。

世田谷のアパートで暮らしはじめたころ、由起夫と乃愛は毎日のようにセックスしていた。由起夫の仕事が休みの日は、朝から晩までしていることもあった。家賃の安いアパートだったので壁が薄く、乃愛のあえぎ声は大きくなっていくばかりだったので、挿入の段になるとユニットバスに閉じこもらなければならなかった。ベッドとは勝手が違い、立ちバックや対面立位など、できる体位に制限があったが、せずにはいられなかった。

不安でしかたがなかったからだ。

ふたりの先行きがどうなってしまうのか考えはじめると夜も眠れず、刹那の間でも不安から逃れるためには、セックスに没頭するしかなかった。

「ああっ、先生っ！　イッちゃいそうっ！　乃愛、イッちゃいそうですっ！」

立ちバックで突きあげていると、乃愛は覚えたての中イキに駆けあがっていった。由起夫が突きあげつづければ、連続絶頂に達することもあった。パンパンッ、パンパンッ、と尻を打ち鳴らす音が、狭いユニットバスに鳴り響き、

「ああっ、ダメッ！　またイクッ！　またイッちゃううううううーっ！」

乃愛はビクビクと腰を跳ねあげてオルガスムスをむさぼった。女がそこまで乱れれば、男も燃えずにはいられない。ましてや乃愛はまだ十八歳の若さであり、由起夫しか男を知らないのだ。そういう女と恍惚を分かちあえるのは、男に生まれてきた悦びを嚙みしめることに他ならなかった。

「だっ、出すぞっ！　もう出すぞっ！　おおおおっ……うおおおおおーっ！」

雄叫びをあげて放出すれば、眼もくらむような快感に全身が打ちのめされる。煮えたぎるような男の精を吐きだすのは、もちろん膣外だった。妊娠させたら大変なことになるという意識はあったが、膣外射精は避妊の方法として万全ではな

い。しかも、愛しあう回数が尋常ではなく多かったから、やがて乃愛のお腹に小さな命が宿ってしまった。

「先生、わたし産みたい」

乃愛に真顔で訴えられるまでもなく、由起夫にしても他の選択肢は考えられなかった。由起夫は当時、郷里出身で東京に住んでいる友人を頼り、リカーショップで配送の仕事をしていた。レストランや居酒屋に酒を運ぶ仕事で、友人の妻の父親がリカーショップの経営者だったのだ。

乃愛の妊娠が発覚すると、それに加え、夜間にウーバーイーツの仕事を始めた。割のいいアルバイトは他にもあったが、乃愛になにかあったときすぐに駆けつけたかったから、ウーバーイーツは都合がよかったのだ。

そして十月十日、二九〇〇グラムの玉のような赤ちゃんが産まれてきた。女の子だった。「飛鳥」という名前をつけたのは乃愛だった。なんでも、大好きなアイドルのファーストネームから拝借したらしい。飛鳥を私生児にするわけにはいかなかったので、由起夫と乃愛は入籍して正式な夫婦となった。

乃愛は十九歳になっていたが、子供を産んだからといって急に母親になれるわけもなく、知りあいがひとりもいない東京で子育てするのは本当に大変だったと思う。由起夫もできる限り手伝ったが、乃愛は決して泣き言を言わなかった。

「先生はお仕事に行って」と、いつだってこちらのことを気遣ってくれた。

それから一年、乃愛は立派な母親になった。出会ったのが女子高の教室だったことを思えば隔世の感がある。由起夫にできるのは、夜も寝ないで働くことくらいだった。ワンオペで子育てをしている乃愛のことを思えば、一日に二、三時間しか睡眠がとれなくても、へこたれるわけにはいかなかった。

幸せだった。

乃愛とふたりきりのときも楽しかったが、不安もあった。飛鳥が生まれて三人になると、一気に「家族」という雰囲気になり、不安に駆られている暇などなくなった。家族を幸せにするのが父親の責任であるなら、その責任を一身に受けとめて頑張ろうと覚悟を決めた。

招かざる客が訪れたのは、ちょうどそんなときだった。

ある晴れた日曜日、リカーショップは定休日なのでウーバーイーツの仕事に精を出そうと、出かける準備をしていたところで呼び鈴が鳴った。扉を開けると、見知らぬ女がひとり、立っていた。年は由起夫より少し上、アラフォーだろうか？　ノーブルな濃紺のタイトスーツを一分の隙もなく着こなしたすさまじい美人で、いかにも「女社長」という雰囲気の人だった。

「沢野さん？」

「えっ……ええ……」

「わたし、こういう者なんですけど……」

差しだされた名刺には「株式会社エリートライアー　代表取締役」という肩書きが記されていた。女社長という予感はあたったが、エリートライアーがなにをする会社かわからない。

名前は佐倉エリカ。

「こちらに、鈴森乃愛さんはいらっしゃいますね？」

まさか探偵か？　と由起夫は身構えた。両親を心配させないよう、乃愛は定期的に実家に連絡を入れている。由起夫と一緒であることや出産したことは伏せているので、両親は毎度「帰ってこい」としつこいらしいから、いい加減痺れを切らして探偵くらい雇ってもおかしくなかった。

「我が社はタレント事務所でございまして……といっても、まだ独立したばかりで所属タレントはひとりもいないんですけどね。できれば乃愛さんに、我が社の所属タレント第一号になっていただきたくて……」

「スッ、スカウトってことですか？」

「まあ、有り体に言えば」

由起夫には話がまったく見えなかった。もともと芸能活動をしていたわけでもなんでもない二十歳の母親に、どうしてタレント事務所からスカウトが来るのだろう？

「乃愛さんはご在宅で？」

「ええ、まあ……」

「少しお邪魔させていただくわけにはいきませんか？」

「いや、それは……」

風が吹きつける外廊下での立ち話は、たしかにあまりいいことではないだろう。しかし、どこの家庭でもそうだろうが0歳児のいる部屋なんてめちゃくちゃなのだ。客を迎えられる状況にはない。

とはいえ、門前払いにしてしまっては、彼女がどうやって自分たちの自宅を特定できたのか問いつめることができなかった。それがわからないのは気味が悪い。めちゃくちゃな部屋に通し、乃愛が育児中とわかれば、彼女にしてもタレントとしてスカウトしようなんて気はなくなるだろう。

「それじゃあ……まあ、どうぞ……」

由起夫は扉を開け、エリカを部屋に通した。乃愛はソファに座ってテレビを観ていた——かと思ったが、うたた寝していた。飛鳥は隣の寝室にいる。先ほどようやく寝かしつけたのだ。

「キミにお客さんだよ」

声をかけると、

「えっ？　なに……」

乃愛は寝ぼけまなこをこすりながら、わけがわからないという顔をした。もっともな反応だった。なにしろ、部屋に通した由起夫だってわけがわからないのだ。

とはいえ、部屋はいい感じに散らかっていたし、乃愛はノーメイクにひっつめ髪で、毛玉のついたスウェット姿だった。ナイスである。これならスカウトしようなんて気はなくなるだろうし、されても困るのである。

「失礼します」

部屋に入ってきたエリカは散らかった室内を見ても顔色を変えず、畳の上に正座した。やけに光沢のある高そうなストッキングを穿いていたので、それが伝線してしまわないか、由起夫はちょっと心配になった。

「この人、タレント事務所の社長さんなんだって」

由起夫は立ったまま、ソファに座っている乃愛に言った。

「なんでもキミをスカウトしたいらしいが、俺もキツネにつままれた気分でね。いったいどういうことなんです？」

訝しげに眉をひそめてエリカを見やると、

「SNSにアップされている動画を拝見しました。文化祭でミュージカルをやっている……」

「はあ？　SNS？」

由起夫は素っ頓狂な声をあげた。嫌な思い出しかないというか、ほとんどトラウマになっているので、東京に来てからはまったくアクセスしていなかった。

糾弾されてしかるべきことをしたとはいえ、自分たちに対する口汚い誹謗中傷や罵詈雑言など見たくもないに決まっている。

ただ、エリカによれば、そこにはアンチばかりではなく、乃愛を天使や女神と崇める勢力も存在しているらしい。

文化祭のステージで乃愛の魅力にノックアウトされた、他校の男子生徒たちに違いなかった。彼らにとっては、乃愛の暴走で舞台が台無しになったことも、教師と禁断の関係に溺れたことさえノープロブレムで、ただただひたすらにＡＩイラストめいた乃愛のヴィジュアルの素晴らしさを絶賛しているという。

「文化祭のステージなんて、もう二年半も前の話なのに……」

由起夫が呆れたように言うと、

「でも、ＳＮＳにアップされつづけていれば、昨日今日それを発見した人っていうのもいるわけです。彼らにとってはいまなんですよ。実際、わたしが乃愛さんを発見したのも三カ月くらい前の話で……」

「ちょっとすいません」

エリカは話を続けたそうだったが、由起夫が遮った。

「そもそも、どうしてここがわかったんです？　SNSを見て乃愛をスカウトしたくなったのはいいとして、地元にはとっくにいなかったわけで……」

「芸能事務所には、それなりに人を捜す能力がありますから」

エリカは不敵な笑みを浮かべて言った。

「今回の場合は、乃愛さんじゃなくて、沢野さんを捜しました。ふたりはまだ切れていない、そう推理したからですが、案の定でしたね。沢野さん、東京に行くことを同僚の先生にもらしたでしょう？」

「えっ……」

由起夫は絶句した。職員室でつまはじきにされていた由起夫だが、そんな中でも比較的フランクに接してくれる、体育教師の田口という男がいた。まだ二十三、四の若さで、最近まで東京にある体育大学に通っていたから、さりげなく東京の情報を得ようとしたのだが、それが裏目に出たようだ。

「東京に来たとなると、沢野さんが頼れる人は数人しかいない……それは、地元の聞き取り情報でわかりました。あとは虱潰しにあたって、お勤めになっているリカーショップを見つけたわけです」

「ぐぐっ……」

由起夫は悔しさに歯嚙みした。リカーショップを紹介してくれた友人には事の次第を話してあったが、彼の義父にあたるオーナーや従業員にまでは事情を説明していない。となると、口どめもできていなかった。

「ねえ、乃愛さん……」

エリカはまっすぐに乃愛を見て言った。

「あなたが歌って踊っている舞台の動画、すごいインパクトだった。もちろん全部観たわけじゃないし、舞台そのものの評判も芳しくなかったみたいだけど、それでもわたしは光り輝くアイドルの原石を見つけた思いだった」

「アイドル、ですか？」

慢性的な睡眠不足でショボついていた乃愛の眼がにわかに輝きだしたことを、由起夫は見逃さなかった。

「そう、アイドル。あなたならこの国の女性アイドル界の頂点に立てる。アイドルっていうのは不思議なもので、なにもかも完璧な人ってなれないの。顔が可愛いとかスタイル抜群とか歌がうまいとか踊りが達者とか、そんなの当たり前で、それ以外にもうひとつ、重要なファクターが必要なわけ」

「なんですか？」

乃愛が身を乗りだしたので、由起夫の胸は不安に曇った。アイドル――それは乃愛が憧れ、夢見ていた職業だったからだ。

由起夫と関係をもったことで、乃愛は夢を語らなくなった。由起夫と一緒にいることがなによりも大事だと頑なに主張し、自分には将来のヴィジョンがなにもないようなふりをしていたが、東京にかけおちしてきてから、「昔の夢」としてそういう話をしてくれたことがある。

『物心ついたときからアイドルが大好きで、テレビの前で歌ったり踊ったりしてたんです。それを見た両親が児童劇団に入れてくれたり、中学のときは演劇部に入ったり……でもわたしって、集団生活というか共同作業が絶望的に全然向いてないんですね。でも、アイドルになりたいって夢はどうしても捨てられなくて、高校生になってからも未練たらしくボイトレやってたりしてて……』

由起夫は微笑を浮かべて聞いていることしかできなかった。女の子がアイドルになりたがるのは月並みな話だろう。男の子であれば、野球選手だったり、サッカー選手だったり、大それた夢を見ることができるのは少年少女の特権だから、それが叶わなかったからといって同情する必要もない。

「教えてください。アイドルに必要なもうひとつって、なんですか？」

乃愛がエリカに訊ねる。

「アイドルになるためには、可愛くてスタイルがよくて歌って踊れるだけじゃダメなんでしょうか？」

「ダメね」

「それじゃあいったい……」

「欠点が必要なのよ。欠点というか、傷ね」

エリカはきっぱりと言い放った。

「人を惹きつける魅力を放つには傷がいるの。いま現役で活躍しているアイドルでも、かつてはいじめられっ子だったとか、不登校の引きこもりだったとか、陰キャのコミュ障とか、そんな子ばっかりじゃない？　ずいぶん昔、昭和のころは貧乏な家の子が多かった。小学生のころから新聞配達で家計を助けていたとか、そういう子がステージ上では誰よりもキラキラ輝くから、応援したくなるんじゃないかしら」

乃愛は真剣な面持ちで聞き入っていたが、

「あなたにもあるでしょ？　大いなる傷が」

エリカに指摘されビクッとした。

「女子高生が教師と恋に落ちて、でもそれが見つかってSNSに拡散され、故郷を石もて追われた……すごい話よね。あなたには申し訳ないけど、夢とロマンと純愛が入り交じった、とっても魅力的な傷だと思う。もちろん、傷があれば売れるってわけじゃなくて、ヴィジュアルがいいとかスキルがあるのは大前提だけど、あなたなら大丈夫。動画を見てわたしは確信してる。あなたなら絶対に、ステージ上でキラキラ輝くトップアイドルになれる……」

エリカは熱弁をふるっていたし、乃愛も身を乗りだして話に聞き入っていた。まるで、未来のアイドルとそのマネージャーの出会いのシーンそのものだったが、長くは続かなかった。

隣室で飛鳥が泣きはじめたからである。

「えっ……」

エリカは驚いて眼を丸くし、乃愛はバツが悪そうな顔で、

「すいません」

と言い残して隣室に向かった。飛鳥をあやすために……。

「お子さんが、いたの？」

エリカが愕然とした表情で訊ねてきたので、

「ええ、もうすぐ一歳になります」

由起夫はドヤ顔で答えた。いくらエリカが熱心にスカウトしたところで、子持ちのアイドルなんてあり得ない。黙っていたのはわざとではないが、結局は諦めてもらうしかないのだから、これでよかったのだろう。

4

エリカは諦めの悪い女だった。

乃愛が子持ちであることがわかってからも、毎日のように家にやってきた。昼はリカーショップ、夜はウーバーイーツと大車輪で働いている由起夫はほとんど

家にいなかったから、エリカと乃愛の距離は急接近していった。

「いいのいいの、なにも力ずくでデビューさせようなんて思ってないし、わたし乃愛ちゃんのこと気に入っちゃったから、遊びにきてるだけ」

ワンオペで子育てをしている乃愛にとっては話し相手ができるだけで嬉しかっただろうし、話の内容が大好きなアイドルに関わることなら大歓迎だったに違いない。エリカは独立する前は大手の芸能事務所にいたらしく、テレビに出ているレベルのアイドルなら、ほとんど全員会ったことがあるという。

しかも、女社長然とした容姿をしているにもかかわらず、エリカは家事が異様に得意だった。彼女が来るようになってから部屋の掃除が行き届くようになったし、由起夫の夕食まで彼女がつくってくれることがあった。おそらく、子育てそのものにもかなり協力していたはずだ。

そして、エリカが家に来るようになって、三カ月ほどが経ったころ——。

「ねえ、先生。ちょっと話があるんだけど、いまいいですか？」

乃愛がいつになく思いつめた顔で言ってきた。

「なっ、なんだい？」

由起夫は渋い顔で身構えた。嫌な予感がしたからである。

「わたし、アイドルやってみたい」

マジか、と由起夫は胸底で深い溜息をついた。

「子持ちのアイドルかい？　人気出ないだろ、そんなの……」

「飛鳥のことは隠す。一緒にいられる時間は短くなっちゃうけど、エリカさんがベビーシッター雇ってくれるっていうし、先生には絶対に迷惑かけません」

「いや、まあ……」

由起夫は口ごもった。見たことがないほど強い光を帯びた、乃愛の眼つきに気圧されていた。

（きっちり洗脳されてしまったな……）

そういう言い方はよくないかもしれないが、エリカに恨み節のひとつも言いたくなる。容姿が人並み以上によくても、乃愛は所詮、世間知らずな山出し娘なのだ。

「ねえ、いいでしょ、先生。どうしてもチャレンジしてみたいの。ずっと憧れだったんだもん、アイドル」

「芸能界なんて、そんな生やさしい世界じゃないと思うよ」

「知ってる、それくらい」

乃愛はきっぱりと言い放ったが、あやしいものだと由起夫は思った。エリカになにを吹きこまれたのか知らないが、是が非でも乃愛をスカウトしたい彼女の口から語られるのは綺麗事ばかりに決まっている。

世の中には「不都合な真実」というものが存在している。どんな仕事にだって、光もあれば闇もある。そしてそれは、実際に経験してみないとわからないことが多い。芸能界の闇に足をとらわれ、枕営業の現場に駆りだされてから「こんなはずじゃなかった！」と嘆いてみても遅いのだ。

とはいえ、乃愛は頑固者だ。教室の片隅で本を読んでいた姿は日陰の花のようだったのに、頑ななまでに自分を信じて疑わないところがある。そうでなければ、ひとまわり以上年上の教師に処女を捧げたりしないだろうし、家や故郷を捨てかけおちだってしなかったはずだ。

「どうしてもアイドルになりたいのかい？」

「なりたい！」

間髪容れずに答えた乃愛の瞳がどこまでも澄んでいたので、由起夫は彼女の決意を認めるしかなかった。同世代の人間が大学に行って青春を謳歌しているのに、乃愛は子育てに追われておしゃれすらできていない。そのことに対する後ろめたさもあった。後から十九、二十歳のころを振り返り、子育てしか思い出がないというのはあまりにも不憫である。

（それにしてもアイドルか……）

売れるかどうかわからないし、売れない確率のほうがはるかに高い気がした。乃愛が落ちこむところは見たくはないが、人を成長させるのはなにも、成功だけとは限らない。失敗だって経験となり、次のステージで捲土重来をはかる原動力となればいい。

ならば……。

「好きにすればいい。応援するよ」

由起夫が笑みを浮かべて言うと、

「先生っ！」

乃愛が抱きついてきた。

「わたし、頑張るから っ! 絶対売れるからっ!」

涙ぐんで言う乃愛の頭を撫でながら、由起夫はこれから彼女が歩む道に思いを馳せ、気が遠くなりそうになった。教師との恋愛、かけおち、出産――いままでも決して平坦な道を歩んできたわけではないが、アイドルを目指す坂道は一般人が想像もできないほど険しいに違いない。

デビューに向けて多忙な日々が始まった。

まだ仕事がひとつも入ってなくても、ボイストレーニング、ダンスや演技のレッスンなどで、乃愛のスケジュールは真っ黒になった。

エリカが手配したベビーシッターたちが、シフトを組んで毎日家にやってきた。他人が家にいる生活というのは落ちつかないものだが、全員五十歳過ぎのおばさんだったので、変な気は使わなくてすんだ。

アイドルであれなんであれ、芸能人には芸も能も必要だから、レッスンに励む準備期間が最低でも一年くらいはかかると思っていたが、驚くべきことにひと月と経たずに仕事が入った。格闘技大会のラウンドガールと、CSながら情報番組のアシスタントMCである。

乃愛がアイドルになる決意を固めるまで三カ月ほどあったから、おそらくその間に、エリカは動いていたのだ。了解を得る前から、手応えを感じていたのだろう。あとから考えれば、この子はアイドルになるために生まれてきたという確信さえあったのかもしれない。

ＣＳ情報番組のアシスタントＭＣが評判を呼ぶと、地上波からも声がかかった。午前五時台から始まる朝の情報番組のゲストだった。由起夫は早起きして、飛鳥と一緒に見た。飛鳥は言葉が早く、０歳児のときから「ママ」と言えたので、画面に映った乃愛を見て言うのではないかと期待した。

言わなかった。

それどころかギャン泣きしはじめたので、由起夫はうろたえた。ベビーシッターは午前八時にならないとやってこない。しかし、自分でも驚くほどうろたえた本当の理由は、飛鳥をあやすことに慣れていないからではなかった。

テレビ画面に映った乃愛が、見たこともないような甘い笑顔で笑っていたからである。ただ笑っているだけではなく、表情がくるくる変わった。太陽に向かって咲き誇るひまわりのような笑顔を浮かべていたと思うと、ふっと表情を翳らせて一点を見つめたりする。表情の変化に意識を奪われ、話の内容が入ってこない。

(こっ、これは……俺の知ってる乃愛じゃない……)

どうりで飛鳥が泣くわけだった。

由起夫は乃愛の顔についてＡＩイラストみたいだと常々思っていたが、それは表情の変化が乏しいことにも一因がある。それがどうだ。朝の情報番組のゲストなのに、乃愛はひとりだけテレビ局のアナウンサーとはまったく違う、アイドルのオーラを振りまいている。

たった一カ月かそこらの演技レッスンで、ここまでの表情管理ができるようになるわけがなかった。

天性なのだ。思えば、文化祭のミュージカルでもそうだった。普段は教室の片隅にひっそり咲いている日陰の花が、スポットライトを浴びた途端に豹変した。演出を無視して暴走したといえば暴走したのだが、要するに乃愛は、見ている人間の視線を独り占めにしようとしていたのだ。無意識に……本能で……。

(これでマイク持って歌ったりしたら、どうなっちゃうんだろうな……)

その機会は思った以上に早く訪れた。エリカがやはり、先まわりして作詞や作曲の手配をしていたらしく、乃愛が仕事を始めたタイミングで仮歌の入ったデモテープが完成していたという。

ＣＤの発売に先立って、曲のお披露目が盛大に行なわれた。乃愛が盛大なデビューイベントを催したという意味ではない。そうではなく、大人気アイドルグループの前座として、デビュー曲のお披露目をさせてもらったのである。

エリカがそのグループアイドルの元マネージャーという縁から話が進み、二千人を収容できる大ホールのステージに乃愛は立つことになった。

もっとも、セットまでは使わせてもらえなかったので、緞帳の前にひとりポツンと立って、一曲披露しただけだ。

それでも、乃愛の天性は遺憾なく発揮された。パリのオートクチュールメゾンに特注したというミニドレスに身を包み、アップテンポの曲を元気に歌って踊る乃愛には、豪華なセットも凝った照明も必要なかった。

由起夫はいちばん後ろの席に座って見ていたのだが、まぶしいくらいのアイドルオーラがそこまで届いてきた。その証拠に、前座のステージになどまったく興味を示していなかったまわりの客が、曲の途中から身を乗りだしていた。

決して贔屓目ではなく、乃愛が引っこんでから始まったアイドルグループのステージより何十倍もよかった。完全に食ってしまったので、エリカがあとから嫌味を言われるだろうと思うと痛快だった。ギャン泣きされては困るので飛鳥はシッターに預けてきたが、連れてくればよかったと後悔した。「キミのママはすごいね」と言ってやりたかった。

――あの子、いったい何者なんだ？　すげえ可愛かったけど。

――鈴森乃愛？　聞いたことないよな。

――ついに現れた超新星！　俺は絶対推しまくる！

その日の客がこぞってSNSで拡散したので、アイドルオタクの間では乃愛の噂でもちきりになったらしい。郷里にいたころ、由起夫も乃愛もSNSにはひどい目に遭わされた。あれだけ苦しめられた噂増殖システムに、今度は助けられることになったわけである。

エリカはそのタイミングで乃愛の公式ホームページをオープンさせた。情報に飢えていたアイドルオタクたちが殺到して、一時はサーバーがダウンしたらしい。

乃愛のホームページは月並みなものではなかった。プロフィールや写真、今後の予定などを掲載している点は月並みでも、普通ならあり得ないインタビュー動画を見ることができた。

「ネット社会なので、どうせそのうちバレるでしょうから、先に自分の口から言っておきたいことがあります……」

乃愛はカメラをまっすぐに見つめながら告白をしていた。

「わたしは高校時代、先生と付き合っていました。不倫ではないし、強引に迫られたわけでもありません。わたしから好きになって、わたしからアプローチしました。最初、先生はとても困ってましたが、わたしのわがままを受け入れてくれて、恋に落ちました。わたしは十七歳でしたけど、悪いことをしているつもりはありませんでした。人を好きになってその人と結ばれて、いったいなにがいけないんでしょう？　でも、法律的には許されないことだし、道徳や倫理にも反しているらしいです。それがバレてしまうと、住んでいたのが田舎町だったこともあり、ものすごく生きづらくなりました。わたしと先生は学校をやめるしかなくなって、大好きだったのにバイバイ……そんな子がアイドルを目指しちゃダメですか？　先生のことは大好きでしたけど、アイドルになるのは先生に会う前からの夢でした。わたしはアイドルになりたい。スポットライトを浴びて、たくさんの人の前で歌って踊りたい……」

飛鳥のことは伏せていたし、由起夫とは別れたことになっていたが、これからデビューするアイドルにしてはぎりぎりのことをしゃべっていた。反感を買ってもおかしくなかったし、実際にアンチも大量に発生したらしい。

だが、アンチの数よりはるかに多く、ファンがついた。

――女子高生時代に教師と付き合ってたって、どんだけビッチなんだよ。

――でも潔いじゃん、自分の口から言うなんて。

――あとからバレるより、よっぽどいいかもな。

美しく可愛らしい容姿がなければ成り立たないことだが、男は総じて寛容だった。推しのスキャンダルが発覚すると怒り狂うのがアイドルオタクだが、乃愛はまだデビューしていない。推し以前の存在だから、客観的に見られるのかもしれない。

対する女の反応は、熱狂的な支持だった。

――鈴森乃愛、すごいね！　カッコよすぎ。

――デビュー前に熱愛告白！　正直で最高！

――いまどきアイドルだってやることやってるって知ってるんだから、ボンクラ男子の幻想に付き合ってブリッ子してるより全然マシよ。

大手メディアが無視できなくなるほどホームページの閲覧者数が跳ねあがっていき、デビューシングルの情報が解禁されるや予約が殺到して、発売日にチャートの一位に輝くことがほぼ確定した。

乃愛はメディアに引っぱりだことなり、家に帰ってこられなくなった。六本木のホテルに滞在しているらしく、朝と夜にＬＩＮＥが来るが、顔を見られるのはテレビだけになった。

もちろん、忙しくなったことだけが、帰宅しない理由ではないだろう。誰かに尾行され、自宅を突きとめられたりしたら、つかみかけている成功が泡と消える。イチかバチかの赤裸々な告白をしたことで注目を集めているのに、そこに嘘が交じっていたとなれば、全員が手のひらを返すに違いない。だいたい現在進行形で夫婦生活を送り、子供までいるアイドルなんて、誰が応援するだろう？

（いつまで会えないんだろうな？　一カ月か、半年か、一年か、それ以上か……）

予想はついたことだが、愛する乃愛と離ればなれになるのはつらかった。予想以上に売れたことで、こっそり会いにいくにしても、細心の注意が必要になる。芸能人でもないのに、コソコソとホテルの裏口から出入りするとか……。

「……ふうっ」

飛鳥が泣きだしたので、由起夫はソファから立ちあがって寝室に向かった。エリカに相談し、乃愛と会うための方法を考えなければならなかった。

母と引き離されている飛鳥は最近妙に機嫌が悪いし、乃愛だって我が子のことが心配に違いない。毎日とは言わないが、週に一度くらいは家族水入らずで過ごせる時間を確保したい。

5

エリカと話しあうことになった。

由起夫から求めたわけではなく、ちょうど声をかけようと思っていたところで、向こうから電話がかかってきたのである。

「明日の夜とか時間とれないかしら？　ううん、乃愛は抜きでわたしとふたり。今後のことを相談したいんだけど……飛鳥ちゃんは大丈夫。泊まりがＯＫなシッターさんを手配するから。あなた、お酒飲めるんでしょう？　飲みながらゆっくり話をしましょう。考えてみれば、あなたとふたりで話す機会ってなかったじゃない？　よくないなって、反省したの。乃愛はいまが大事な時期だけど、すべてはあなたの理解のうえで成り立ってることだから……」

六本木のホテルのバーで午前零時に待ち合わせ、と告げられて電話は切られた。

業界人はすごいな、と由起夫は唸った。午前零時から開始される飲み会なんて、いままで経験したことがなかったからだ。というか、普通ならお開きの時間ではないのだろうか？

もっとも、乃愛の鮮烈デビューに向けて張りきっているエリカが、乃愛よりも多忙なスケジュールで働いていることは想像に難くない。

翌日の夜、由起夫は電車を乗り継いで六本木に向かった。上京してから三年近くが経っていたが、六本木に来たのは初めてだった。リカーショップの配送はだいたい世田谷区内だし、ウーバーイーツは自宅付近のものしか受けないから、東京にいながら大きな繁華街とは縁のない生活を送っている。

指定されたホテルは、そんな由起夫でも知っている超有名な外資系ホテルで、一階にあるメインバーは広々としているだけではなく、吹き抜けの天井が呆れるくらい高かった。ソファなどの調度も見るからに高級そうだし、ヨーロッパの貴族が住んでいるお城のようだと思った。

洗いざらしのシャツとズボンで来てしまった由起夫は早くも帰りたくなったが、エリカはすぐに見つかった。眼の覚めるようなブルーパープルのドレスを着て、優雅にワイングラスを傾けていた。

「どっ、どうも……」

一礼して、腰をおろす。向かいあわせの席ではなく、エリカが座っていたのはベンチシートのソファだったから、必然的に隣の席だ。

「お綺麗ですね、そんな格好で現場に行ったら、タレントと間違われるんじゃないですか」

お世辞ではなかったが、半分は皮肉だった。ブルーパープルのドレスは光沢のある生地でどこまでも妖艶、しかもアクセサリーがやたらとキラキラしている。そのままレッドカーペットの上でも歩けそうなのだ。

「こう見えて、元タレントなのよ」

エリカはニコリともせずに言った。黒服を着たボーイがやってきて、由起夫のグラスにも赤ワインを注いでくれる。

「グループアイドルを皮切りに、モデルもやったし、女優もちょっと……なにやっても人気出なかったけどね。とくにグループアイドル時代は、わたしより可愛くないし、わたしよりスタイル悪いし、わたしより踊れない子がわたしより全然人気があって、毎日泣きそうだったな」

そういうことはあるかもしれない、と由起夫は思った。たとえば韓国のアイドルは、顔の造形が美しく、プロポーションが抜群にいい。美意識に一本筋が通っている感じがする。日本のアイドルはそうではない。パッと見にはどうして売れているかわからない女の子が大人気だったりする。理由は様々あるだろうが、基本的に日本は「女は愛嬌」の国なのだ。造形美とは違う価値観で、男は女を好きになる。

「芸能人って、売れないと悲惨なのよ……」

エリカはにわかに遠い眼となり、問わず語りに言葉を継いだ。言葉を継ぐほどに、瞳から光がなくなっていき、表情が抜け落ちていった。

「自分の頭で売れない理由を考えても、高校生くらいじゃわかるわけないしね。そうなると、したり顔で売れる方法を耳打ちしてくる大人がいるわけ。キミはお偉いさんと寝ないから、チャンスがまわってこないんだって……いわゆる枕営業ね。わたしもさすがにアイドル時代はしなかったけど、グループを卒業してモデル一本になって、先行きがすごく不安だったから……やるようになった」

衝撃の告白に、由起夫は言葉を返せなかった。とりあえずワイングラスの脚を持ち、ひと口飲んだ。なめらかな液体が芳醇な香りを放っていて、馬鹿高いワインであることは容易に想像がついたが、味なんてまったくわからなかった。

「まだ二十二、三だったけど、還暦近いおじと寝た。わたしが専属モデルやってる雑誌に広告出してくれてる、健康食品会社の社長だった。とんでもない変態でね。電マとかヴァイブとか使ってわたしを何十回もイカせてからじゃないと、自分のものを入れてこないの。本当に失神寸前まで責められるから、抵抗するじゃない？　そうするとネクタイやストッキングで縛られて、もう大変……だけど、枕したおかげで、雑誌でのわたしの扱いはぐっとよくなった。それまでに比べればいい服がまわってくるようになったし、掲載される写真の数も増えた。って言っても、最下位からブービーになったくらいだから、よほど熱心な読者じゃないと気づかなかったと思うけどね。でも、わたしは味をしめてしまった。枕の声がかかったら、片っ端から寝た。気持ちの悪いおじの相手ばっかりだったけど、女性ホルモンが活性化されてお肌つるつる、なんてうそぶきながらね……」

「……どうして？」

由起夫は震える声を絞りだした。

「どうしてそんな話、俺にするんです？」

「決まってるでしょ、乃愛にはそんな思いを絶対にさせたくないの」

「それなら……心配はいらないと思いますよ……彼女の場合、売れなかったら主婦に戻ればいいだけなんだから」

「あなたはわかってない」

エリカは溜息をつきながら静かに首を横に振った。

「芸能人なのに売れないって、アイデンティティが崩壊しそうなくらいつらいの。売れるためならなんでもやってやるってメンタルに、自分からなっていくわけ。わたしだって、事務所の社長に脅されて枕営業をしていたわけじゃない。自分で決めて、自分で脚を開いた。やめとけばよかったな、って思うこともある。だって、枕営業したところで、わたしレベルの女は、逆立ちしたって雑誌のカバーに使ってもらえないんだもん……女優になれるようにしてやるなんて狒々爺みたいな局のプロデューサーに言われて、セックスしたら現場に呼ばれたけど、役名もない通行人AとかBばっかり。結局、ここまでやってもダメなのかって諦めがついて、裏方にまわる決意ができたけどね……」

由起夫は赤ワインを呷った。グラスが空になると黒服がすかさず近づいてきて注いでくれたが、彼が立ち去る前にそれも全部飲み干した。

飲まずにいられなかった。乃愛を預けているエリカのことを少しは理解したい——今夜この場にやってくる前、そんなささやかな期待を胸に抱いていた。理解できたかどうかわからないが、隣に座っているのは闇だった。芸能界の闇の塊が、ブルーパープルのドレスを着てワイングラスを傾けていた。

由起夫がワインを呷りつづけるので、ボトルが空になってしまい、

「なにかご用意いたしますか？」

黒服がエリカにワインリストを渡した。エリカはそれを開くことなく、意味ありげな眼つきで由起夫を見た。

「部屋でルームサービスとって飲み直さない？　いきなりベッドみたいな部屋じゃなくて、リビングがついている部屋をとってあるの。ここじゃほら、これ以上きわどい話はできないから……」

きわどい話が聞きたかったかどうか、由起夫は自分でもよくわからなかった。妻がアイドルになろうとしているのに、芸能界の闇をこれ以上正視していいものかどうか判断に迷った。

ただ、まるで飲み足りなかった。酔いたくても酔えない中途半端な状態では帰路に就く気になれず、そうであるならエリカの誘いに乗るのもやぶさかではなかった。

地上四十二階にある部屋からは、六本木の夜景が一望できた。窓辺に立って地上の星を一つひとつ吟味すればうっとり見とれることができそうだったが、由起夫はソファに座ってワインを飲んでいた。ルームサービスでワインボトルが三本とオードブルの皿が届いており、エリカが「早く飲みましょう」と急かしてきたからである。

「わたしの現役時代、いちばんひどい目に遭った話をしてあげましょうか？」

バーでは表情が抜け落ちていたエリカだったが、部屋に入ると急に上機嫌になり、ニコニコしながら話しはじめた。普段はいかにも女社長然としているのに、笑うと可愛らしくてチャーミングだった。

「なにやっても鳴かず飛ばずで、そろそろ引退を考えていた時期に、ある映画監督に見初められたの。オーディション受けたんだけど、わたしなんてたいてい不合格なのに、そのときだけは通行人AとかBじゃなくて、きちんと名前がついた役だった。主人公の元カノ。嬉しかったけど、すぐに理由がわかってね……濡れ場がキャスティングの条件だったのよ。ただ、バストトップは撮らないってことだったから、わたしは出演を決めました。その監督、女を色っぽく撮ることで有名な人だったし、もしかしたらひと皮剝けられるかもって……でも、現場に入ったら毎日監督に怒鳴られるわけ。まだ濡れ場のシーンじゃないのよ。お芝居がへただからしかたがないんだけど、他の役者さん……大御所から期待の新人までがずらっといる中で怒鳴られるから、萎縮してますますお芝居どころじゃなくなっていった。だって、わたしが現場に入ると、出演者からスタッフまでいっせいにうんざりした顔をするんだもん。こんなの耐えられないからもう降りようって、プロデューサーに言いにいく直前に監督に呼ばれてね。『おまえの芝居は色気がない』ってお説教。『色気が出る簡単な方法があるんだが、知りたいか？』って……わたしはもうやめるつもりだったけど、そんなこと言われたら知りたくなるじゃない？　で、教えてくださいって言ったら、『パンツ脱げ』って……ノーパンでお芝居しろっていうわけよ……」

「すっ、すごいセクハラですね」

由起夫は思わず言ってしまった。

「すごいわよ。それ言われたのセットの裏だったんだけど、ここで脱げって……他には誰もいなかったけど、監督が見ている前でわたしは脱ぎました。スカート穿いてるから肝心なところは見えなかったでしょうけど、ものすごい屈辱感。でもね、パンツ穿かないでお芝居したら、たしかにいい感じなの。わたしは主人公の元カノの役だったんだけど、主人公に未練タラタラなわけ。そういうもじもじした雰囲気が我ながらよくできて、監督にも『いいぞ！』なんて言われて一発OK。それまでワンシーンで五回も六回もNG出してたのに……ようやく光明が見えたと思ったんだけど、ノーパンに慣れてくるとへたなお芝居に戻っちゃってね……そうしたら、また監督にセットの裏に呼ばれたの。なにされたと思う？『ケツ出せ』って言われてその通りにしたら、スカートめくられたの。パンツ脱いでるかどうか確認されたのかと思ったら、そうじゃなかった。お尻の穴に変な感触がしたの。痛いって思ったけど言えなくて、次の瞬間、冷たい液体がお腹の中に逆流してきて……浣腸されたのよ。信じられる？そこはスタジオのセットで、曲がりなりにも神聖なる職場よ。他の役者さんだって待ってるのよ。パンツ脱げっていうのもなかなかだけど、浣腸って……すぐにお腹がぐるぐる鳴りはじめたけど、もちろんトイレなんて行かせてもらえない。そのままお芝居続行よ。パンツも穿いてないのに粗相しちゃったらどうしようって、生きた心地がしなかった……ごめんなさいね、尾籠な話で」

「いえ……続けてください」

由起夫はひきつった顔で言った。芸能界の闇が暴かれていく衝撃もあったが、それ以上に興奮していた。ソファで隣り合わせているエリカは、ノーブルさと妖艶さを兼ね備えた美女だった。顔立ちも整っているし、スタイルだってグラマーだ。何年も前の話とはいえ、これほどの美女がセットの裏で浣腸されていたなんて、由起夫は自分でも異常と思えるくらい興奮してしまった。

「ノーパンにはすぐ慣れたけど、浣腸は無理だった。何回されても途轍もない緊張感で、お尻の穴を必死に締めながらお芝居するんだけど、あがってきたフィルムを見ると、やっぱりいいお芝居してるのよね。だから文句も言えなくて、出番があるたびにわたしは監督に浣腸されました。セットの裏だったり、トイレの個室だったり……いざ濡れ場ってときはイチジク三本入れられて……いくらお芝居でも相手の役者さんは本気で愛撫してくるからね。浣腸された状態で愛撫されると、気が狂いそうなくらい感じちゃうの。体中がものすごく敏感になってるから、濡れて濡れて……昔みたいに前バリなんて着けてないから、相手にもわかるのよ。

下半身には布団をかけてたけど、匂いが中にこもるから……主役の人、ものすごく興奮して、そこまでしていいなんて言ってないのに、乳首を吸われた。両脚の間をまさぐられながら甘噛みまでされると、わたしものすごく声をあげて、釣りあげられたばかりの魚みたいにビクビクして、一発ＯＫだったんだけど、カットがかかったときはもう、決壊寸前だった。脂汗流しながら内股で走ってトイレに行くと、監督が追いかけてきてね。個室に入って、体に巻いていたバスタオル取られて……立ちバックで後ろから貫かれた。わたしまだ、出してないのよ。イチジク三本入れられたままよ。なのにぐいぐいピストン運動するもんだから、頭の中で火花が散ったわよ……あんなに感じたセックスって記憶にない。知ってる？前の穴と後ろの穴って８の字の筋肉で結ばれてるの。後ろの穴を締めると、前の穴も締まるから、密着感がすごいわけ。わたし、半狂乱で燃えあがっちゃった。監督も気持ちよかったんでしょうね。当時でも還暦越えてたけど、カチンカチンに硬くなったもので、息継ぎもしないで突きまくってきたから、ホントにもう発情期の獣みたいだった。でもそこ、撮影所のトイレだから声なんか出せないじゃない？　監督がわたしの口を手で塞いでて、それでもあえぐと口の中に指が入ってきた。わたしは脂汗ダラダラで、涙や涎まで盛大に流してよがり狂ってたから、無意識のうちに監督の指を噛んでた。血が出るくらい思いっきり噛んだんだけど、監督は文句なんか言わなかった。立ちバックだから顔なんか見えないのに、男の人の興奮があんなに生々しく伝わってきたことって、後にも先にもないなあ……」

長い話を終えたエリカは、髪をかきあげながら息をつき、ワインを飲んだ。それから、黒革のハイヒールを履いたまま、長い両脚を由起夫の太腿の上に放りだしてきた。由起夫はびっくりした。恋人でもない女にいきなりそんなことをされたら、誰だってびっくりするに決まっている。

だが、咎めることはできなかった。咎める前に、エリカがあることに気づいてしまったからだった。

「勃ってるじゃない？」

勝ち誇った顔で笑いかけられ、由起夫は蒼白に染まった顔に冷や汗を流した。

6

ブルーパープルのドレスを着たエリカは、黒いストッキングを穿いていた。なめらかな光沢を放つ極薄の黒いナイロンが、ただでさえ長く美しい脚をエレガントに飾り、匂いたつような色気がある。

(マッ、マジかよ……)

そんな妖艶な美脚が由起夫の太腿の上にのり、あまつさえ股間に密着していた。それどころか、ズボンを突き破りそうな勢いで勃起している男根を、すりっ、すりっ、と撫ではじめた。

「興奮しちゃったの？」

ささやいてきたエリカは、瞼を半分落とし、眉根を寄せていた。唇まで、挑発するように尖らせている。そんないやらしい顔で見ないでくれ、と由起夫はたまらず眼をそむけた。

「興奮したなら、わたしのオマンコ使ってもいいのよ」

「なっ、なにをっ……」

　由起夫は声を跳ねあげた。火がついたように顔が熱くなっていく。

「なにを馬鹿なこと言ってるんですか？」

「赤くなっちゃって可愛いのね。言ったでしょう？　わたしなんて枕営業上等のビッチなんだから、遠慮しないで使えばいいじゃない？」

　失礼します！　そう叫んで部屋を飛びだしてしまうべきなのに、由起夫は金縛りに遭ったように動けなかった。エリカの両脚が太腿の上にあるから、立ちあがるためにはそれをどけなければいけない。つまり、触らなければならないのだ。たとえ常軌を逸した発展家でも、エリカは妻の所属する事務所の社長だった。その脚を乱暴に扱うわけにはいかない。

（この脚を、触る……）

　極薄の黒いナイロンが織りなすグラデーションが、にわかにエロティックなものに見えてきた。足首はキュッと締まっているし、ふくらはぎの盛り上がり方も悩殺的だ。全体的にはすらりと長い美脚なのに、太腿には女らしいボリュームがあり、黒いナイロンがかなり薄くなっている。

しかも、そんな魅惑の美脚に股間をすりすり撫でられているのだから、ズボンの中の男の器官は限界を超えて硬くなっていくばかりだった。ズキズキと熱い脈動まで刻んでおり、大量の先走り液を噴きこぼしていることさえはっきりわかる。

「ねえ、気づいてる？」

エリカが意味ありげにささやいてきた。

「わたし、いつもよりちょっと色っぽいでしょ？　どうしてだと思う？」

「……さあ」

「パンツ穿いてないからよ」

ドキンッ、と由起夫の心臓は跳ねあがった。ブルーパープルのドレスの裾からは、太腿が半分ほど見えているが、その奥までは見えない。ストッキングは穿いているのにノーパンというのが、いやらしすぎて眩暈がしそうだ。

「どうするの？　わたしのオマンコ使うの、使わないの？　オマンコ使わずにすっきりしたいっていうなら、そういう方法もあるけどね」

由起夫は混乱しすぎてパニックに陥りそうだった。彼女はいったいなにを言っているのだろう？　この自分とセックスすることに、どんな意味があるというのか？　枕営業は見返りを求めてするものだろうが、由起夫とセックスしても見返りなんてあるわけがなく、ただ気まずい関係になるだけだ。あるいは本当に、見境なく男に股を開きたがるやりまんなのか？

エリカの両脚が、由起夫の太腿の上からおろされた。ホッとしたのも束の間、エリカは優雅にして素早い動きで、由起夫の足元にしゃがみこんだ。

「ちょっ……まっ……なっ、なにをするんです？」

カチャカチャと音をたててベルトがはずされると、ズボンとブリーフをめくりおろされた。勃起しきった男根が唸りをあげて反り返り、裏側をすべてエリカに見せつける格好になる。

「うわっ、すごい元気……」

エリカは悪戯っぽく眼を丸くすると、そそり勃った男根にそっと指をからませてきた。指が触れた瞬間、由起夫はビクッとして背中を伸びあがらせた。

「乃愛がおうちに帰れないから、溜まってるんでしょう」

甘くささやきながら、すりっ、すりっ、と肉竿をしごいてくる。強すぎず弱すぎず、なにもかもがちょうどいい愛撫に、自称ビッチの凄みを感じた。

いや、そんなことを言っている場合ではないのだ。エリカは妻が所属する事務所の社長であり、間違いを起こしていい相手ではない。彼女から誘ってきたにしても、安易な気持ちで抱いたりしたら、絶対に面倒なことになる。

すりっ、すりっ……由起夫の気持ちも知らぬげに、エリカは男根をしごきつづける。時折、上眼遣いでこちらを見やる表情がいやらしすぎて、睾丸(こうがん)が限界まで迫(せ)りあがっていく。

「うんあっ……」

ついにエリカが紅唇をOの字にひろげて、亀頭を咥えこんだ。生温かい口内粘膜の感触も気が遠くなりそうなほど気持ちよかったが、表情はそれ以上に衝撃的だった。元が美形なだけに、男根を咥えて歪んだ顔はエロス一色に支配された。そもそもノーブルな顔立ちだし、いかにもプライドが高そうだから、フェラチオなどしそうにないのだ。

「うんんっ……うんんっ……」

エリカが唇をスライドさせはじめると、由起夫は首に何本も筋を浮かべた。みるみるうちに顔が燃えるように熱くなっていき、全身が小刻みに震えだす。

情けない話だが、暴発してしまいそうだった。エリカが指摘した通り、乃愛が最近家に帰ってこないから、男の精が溜まっているのだ。こんなことならオナニーしておけばよかったと後悔しても、すべては後の祭りである。

「おおおっ……おおおおっ……」

由起夫は野太い声をもらし、身をよじりはじめた。こみあげる射精欲に体を乗っとられ、もうダメだと恥をかく覚悟を決めたときだった。

エリカが紅唇から男根を引き抜いた。根元をしごいていた指も離れ、唐突に刺激を取りあげられた由起夫は、もどかしさに泣きそうな顔になった。

（あと一分……いや、三十秒もあればイッたのに……）

呆然としている由起夫をからかうように、エリカは立ちあがってドレスの裾をたくしあげた。

（うおおおおおーっ！）

由起夫はもう少しで叫び声をあげてしまうところだった。熱っぽいフェラに翻弄されたおかげで、エリカがノーパンであることを忘れていた。いや、話を聞いたときはてっきり、パンティストッキングを直穿きにしているとばかり思っていた。だが彼女が着けていたのは、黒いレースのガーターベルトに吊りあげられたセパレート式のストッキングだったのである。

そんなもの、週刊誌のグラビアでしか見たことがない。日常生活で身につけている女なんているわけがないと思っていたが、ここにいた。しかもエリカは、妖艶にしてエレガントな大人の女——異様によく似合っており、放つ色香が何倍にも跳ねあがった。

（ぐっ、具がっ……具が見えているじゃないか……）

驚かされたのはガーターストッキングだけではない。パンティを穿いていない股間に毛が生えていなかった。こんもりと盛りあがった白い恥丘がつるつるで、割れ目の上端が見えている。くすみ色の花びらがはみ出して、尋常ではない猥褻感を放射している。

ふっ、とエリカは笑みをもらすと、ドレスの裾をたくしあげたまま背中を向け、その場から立ち去っていった。由起夫も反射的に立ちあがり、彼女を追いかけた。頭の中は真っ白だった。めくりさげられたズボンとブリーフを直すこともできないまま、それをつかんだ滑稽な姿でよちよちと、けれども早足で追いかける。

エリカが入っていったのは寝室だった。ダークオレンジのムーディな間接照明に、広々としたキングサイズのベッドが照らされていた。

エリカはこちらに向き直ると、

「ねえ……」

瞼を半分落とし、眉根を寄せたセクシーな表情でささやいた。

「わたしのオマンコ、使って……オマンコ、もうヌルヌルだから……オチンチン入れてほしくて、疼きまくってるから……」

エリカがベッドにあお向けに倒れると、由起夫の思考回路はショートした。花蜜に誘われて飛んでいく蜜蜂のように、ふらふらとエリカに近づいていった。黒革のハイヒールを履いた彼女の両脚は、絨毯（じゅうたん）の上だった。尻から上はベッドの上だ。

由起夫はエリカの両脚をつかみ、M字に割りひろげた。考えて行動したわけではないけれど、これならこのまま立った状態で挿入できる。中途半場に太腿までおりているズボンとブリーフを脱ぐ必要がない。そんなわずかな手間さえ面倒くさく思うほど、興奮がマックスの状態だった。

　勃起しきった男根をつかみ、切っ先を無防備な割れ目にあてがうと、エリカはせつなげな声をもらした。潤んだ瞳がいやらしすぎて、由起夫は見入ってしまう。視線と視線をからめあわせた状態で、腰を前に送りだしていく。ずぶっ、と亀頭を割れ目に埋めこむと、

「ああぁっ……」

「くぅうっ！」

　エリカは白い喉を突きだしてのけぞった。彼女が自己申告した通り、肉穴は奥の奥までヌルヌルだった。さして力を込めなくても、スムーズに根元まで収めることができた。そのくせ締まりは悪くなく、心地よい結合感だった。じっとしてもキュッキュと締めつけてくるので、我慢できなくなって動きだした。

（たっ、たまらんっ……たまらないよっ……）

　いきなりフルピッチだった。フェラで暴発寸前にまで追いこまれていた由起夫に、丁寧（ていねい）なセックスはできなかった。エリカの太腿にボリュームがあるせいか、あるいはこちらだけが立ったままの体位の影響か、怒濤（どとう）の連打を送りこむと、パンパンッ、パンパンッ、と音が鳴った。

肉と肉とがぶつかりあうその音が、由起夫を熱狂へといざなっていった。ブルーパープルのドレスは裾が大きくめくりあげられ、黒いレースのガーターベルトと美脚を飾る極薄の黒いナイロンが、男の本能をどこまでも挑発してきた。

「ああっ、ちょうだいっ！　もっとちょうだいっ！」

エリカが激しく身をよじる。美貌は興奮で真っ赤に染まり、ドレスの上から自分の乳房を揉みくちゃにしはじめる。

グラマーなエリカの乳房を、由起夫も揉みたかった。できれば生身を揉みくちゃにしたかったが、腰の動きがとまらない。ドレスを脱がす手間すら面倒だったので、乳房は彼女にまかせて、足首をつかんだ。左右とも高々と掲げ、あられもないM字に割りひろげている両脚をV字にする。見た目はM字のほうがいやらしくても、V字のほうが深く結合できる。

「はっ、はぁうううううううーっ！」

エリカが髪を振り乱して絶叫した。

「あっ、あたってるっ！　奥にあたってるっ！　いちばん奥まで届いてるううううううーっ！」

淫らに歪んだ叫び声を掻き消すように、パンパンッ、パンパンッ、と音をたてて抜き差しを続けた。いちばん奥まで届いている実感は、由起夫にもあった。コリコリした子宮が、亀頭にあたっていた。それをこすりあげるようにしてストロークを送りこむと、エリカは乳房を揉むことも忘れてよがりによがった。紅潮した美貌をくしゃくしゃに歪め、いまにも喜悦の涙さえこぼしそうだった。

「イッ、イクッ！ もうイクッ！」

切羽つまった声をあげ、グラマーなボディをしきりによじる。

「イッちゃうっ、イッちゃうっ、イッちゃうっ……もっ、もうダメッ……イクイクイクイクイクウウーッ！」

ビクンッ、ビクンッ、と腰を跳ねあげ、エリカはオルガスムスに達した。アラフォー熟女ならではの反応なのか、全身の肉という肉を痙攣させている姿がいやらしすぎた。しかも、見た目がいやらしいだけではなく、痙攣は結合部を通じて男根にも生々しく伝わってきた。

「こっ、こっちもっ……こっちも出ますっ……」

唸るように言うと、

「ああっ、出してっ！」

エリカは体中を痙攣させながらも、カッと眼を見開いた。

「顔にっ……顔にかけてっ……精子いっぱい顔にちょうだいいいいいーっ！」

顔面射精など、AVではよく見かけるが、実際にやったことがなかった。男のエゴの象徴であるかのようなそんなことを、やりたがる女がいることに驚いた。しかもエリカは、いかにも女社長然としたノーブルにしてエレガントな美女なのだ。

とはいえ、世の中には様々な性癖の人間がいるわけだし、エリカが顔射マニアであっても咎められるべきことではない。いや、そんなことより、切迫した射精欲で体が震えだしており、もはや余計なことは考えられなかった。由起夫の腰はすでに、フィニッシュの連打を開始している。顔に出せというなら出すまでである。

「おおおっ、出るっ……もう出るううっ……」

野太い声を絞りだしながら、ずんっ、と最後の一打を打ちこんだ。大きく打ちこみ、その反動で肉穴から男根を引き抜く。

「あああっ……あああああっ……」

エリカは反射的に上体を起こすと、ベッドの角に背中をすべらせて、由起夫の足元にしゃがみこんだ。由起夫が動くまでもなく、顔射の体勢が整った。彼女の漏らした蜜でヌルヌルになった男根を、由起夫はしごきはじめた。

「おおおおおおーっ！ ぬおおおおおおおおおおーっ！」

雄叫びをあげて腰を反らせると、爆発が起こった。下半身のいちばん深いところでドクンッという衝撃が起こり、次の瞬間、男根の芯に灼熱が走り抜けた。ドピュッ、ドピュッ、ドピュッ、と音さえたちそうな勢いで白濁液が放出され、エリカの紅潮した美貌を穢していく。

「おおおおっ……おおおおおっ……」

声をあげて射精を続けた由起夫は、異様に興奮していた。相手が妻であれば、申し訳なさが先に立って興奮などしなかったはずだ。由起夫は乃愛のことを愛しているからである。

しかし、エリカには特別な感情がない。ないけれども、美しく、エロティックで、欲望の対象にはなり得る。言ってみればセックスマシーン、精巧にできたラブドールのようなものだから、顔面にザーメンをぶちまけるようなひどいことをしているのに、これほど興奮できたに違いない。

第四章　禁欲の天使

1

（このままじゃホームレスだな……）

新宿中央公園のベンチに座った由起夫は、小銭を数えていた。手のひらにのっているのは、五十円玉がひとつ、十円玉がふたつ、五円玉が三つと一円玉がひとつ――何度数えても八十六円しかない。

そろそろ日が暮れる。上野から新宿まで歩いてきて今日で三日目、昨日と一昨日はネットカフェに泊まったものの、今夜はそれもできない。食事をしようにも牛丼はおろか、コンビニでパンすら買えない。

由起夫にはもともと金がなかった。

スナック〈ルーザー〉で、まともな報酬を得ていたわけではないからだ。寝泊まりOKで、店にあるものは自由に飲み食いできたが、智実からは一日千円の小遣いしかもらっていなかった。

千円なんて、コインシャワーに行って石鹸やシャンプーを買えば半分なくなる。残りを貯めて五千円くらいになると、それを見透かした智実に居酒屋に連れていかれ、勘定を払わされる。物欲もないからべつにいいかと思っていたが、店をやめたときのことをもう少し真剣に考えておくべきだった。

（まいったな……）

人間、シャレにならないくらいシリアスな状況に追いつめられると現実逃避をしたくなるものらしく、スマホを出してネットニュースをぼんやり眺めた。関西系のお笑い芸人が、不倫スキャンダルを起こしていた。ベッドの上で全裸でおどけている写真付きだった。もちろん、陰部にはモザイクがかかっていたが、決定的な浮気の証拠である。彼の太鼓腹の上には使用済みのコンドームがのせられ、頭には女もののパンティを被っていた。

（アホだな……）

由起夫が口許にこぼした苦笑は、どこまでも乾いていた。これを見た多くの人間が、彼のことを人間失格、さっさと女房から三行半を突きつけられればいいと思うことだろう。しかし、写真には前後の文脈がある。女にそそのかされてこんなポーズをとったのかもしれないし、女は最初からこの写真を週刊誌に売るつもりだったかもしれない。そういう意味で、写真というのは嘘つきなのだ。

由起夫にも身に覚えがあった。

一年ちょっと前、うっかりエリカとセックスしてしまったときのことだ。射精を遂げた由起夫は、ズボンとブリーフを太腿までおろした情けない格好のまま、ベッドに這いあがってあお向けに倒れた。天井を見上げながら荒ぶる呼吸を整えた。なかなか整いそうになかったし、まだ自己嫌悪や罪悪感を覚えることさえできないくらいの放心状態だった。

「ちょっとごめんね……」

エリカが横から身を寄せてきた。ブルーパープルのドレスを脱ぎ、黒いセクシーランジェリー姿だった。ブラジャーの生地が異常に薄くて赤い乳首が透けていたし、ガーターベルトはしていてもパンティを穿いていなかったが、さすがに射精を遂げたばかりだから、雄心を勃発させるには早すぎた。

「はい、チーズ」

目の前がまぶしく光った。エリカがスマホで自撮りをしたのだ。よく見ると、彼女の顔は白濁液が付着したままだった。由起夫に顔射を決めさせたあと、拭いもせずに自撮りをしたのである。

なぜそんなことを……。

不安に駆られた由起夫を見て、エリカはニッと笑い、

「この写真、乃愛が見たらどう思うかしらね？」

勝ち誇ったように言い放った。

「じょっ、冗談でしょ……」

由起夫はひきつった笑みを返すことしかできなかった。お互いに陰部をさらけだしていたし、まだ半勃ちを保っているペニスとエリカの顔は、白濁液にまみれている。先ほど見たお笑い芸人のスキャンダルを超える衝撃映像と言っていい。

「エッ、エリカさんっ……このことを乃愛には黙っててくださいよっ……もし彼

女に知れたらっ……」

幻滅されて捨てられるだろう。そうなってもしかたがないことをしたとはいえ、エリカに半ば強引に誘われたことを思えば、納得がいかなかった。なにより、由起夫がエリカと寝たことを知れば、乃愛が傷つくことになる。信頼しているふたりの人間から同時に裏切られたと――ナイーブな乃愛を傷つけることだけは、夫として絶対にできない。

「乃愛には黙っててほしいんだ？」

エリカがニヤニヤしながらささやいてくる。

「当たり前じゃないですか」

「写真も見せちゃダメ？　乃愛にこう言ってあげる。『あなたの夫に無理やり犯されて、悔しいから自撮りしてやった』って」

「誰が無理やり犯したんですか？　同意の上でしょう」

「こういう場合、女は女の言うことを信用するものなのよねー」

「やめてくださいよ、そんな嘘」

「セックスしたのは事実じゃない」

「そっ、それはっ……」

「乃愛にはなにも言わないから。乃愛の前から姿を消して」

「はっ？」

一瞬、言葉の意味がわからなかった。

「なっ、なにを言ってるんですか……僕と彼女は結婚してるんですよ」

「だから、離婚届を置いてどこかに消えて」

「どっ、どうしてそんなっ……」

激しく動揺する由起夫を嘲笑うように、エリカは時間をかけてゆっくりと顔にかかった白濁液をティッシュで拭った。

「わたしさっき言ったじゃない？　芸能人って売れないと悲惨だって。乃愛にはそうなってほしくないって。いまのところ、すべての仕掛けが成功して、売れっ子に王手がかかってるの。ううん、まだデビューもしてないのに想像以上の大反響だから、トップアイドルになることさえ手を伸ばせばつかめるところにあるわけ。でもね、あなたがいたら邪魔なの。乃愛には絶対、枕営業なんてさせない。それは命を賭けて約束するけど、それでもトップアイドルになる道のりは、心が折れるような厳しい試練の連続なのよ。そんなとき、あなたって逃げ場があるとダメなの。自分の力で試練を乗り越えていかないと……それに実際、あなたと飛鳥ちゃんの存在を世間から隠さないといけない以上、一緒に暮らすのはおろか、月に一、二回会うことも難しいでしょう。そんな女と結婚してたって、あなたもつまんないいんじゃない？」

「そっ、そんなっ……つまんないとか面白いじゃなくて、僕がいなくなったら飛鳥はどうなるんです？」

まだ一歳の娘を、由起夫がひとりで面倒を見ているとは言えない。実務はシッターたちに頼りきりだし、その経費を払っているのはエリカだ。それでも、一緒の部屋で寝ているし、夜泣きをすればあやすことだってある。家事全体の一パーセントしか担っていなくても、肉親が側にいるというのは大切なことではないだろうか？　ただでさえ母親が不在がちなのだから……。

「わたしの両親、どっちも医者なのね……」

エリカが声音をあらためて言った。

「代々木上原で開業医をしてて、クリニックの裏が自宅なのよ。飛鳥はそこに預けようと思う。病院かつ事務所関係者の自宅なら、乃愛がちょいちょい出入りしてても不自然じゃないでしょ?」

「もうそんなところまで話が進んでいるわけですか?」

「両親には話をした。孫が欲しかったからちょうどいいって」

「乃愛には……」

「まだなにも言ってない」

エリカは静かに首を横に振った。

「いっ、一時別居ってことじゃダメなんですか? アイドルなんて何十年もできるもんじゃないし、俺待ってますよ。それに、売れない可能性だってあるわけでしょ? 売れなかったら、エリカさんにとって乃愛は用済みじゃ……」

「乃愛は売れる。死んでもわたしが売ってみせる」

エリカは険しい表情で言ってから、ふっと笑った。

「まあ、わたしがそんなに力まなくても、乃愛は間違いなく売れるでしょうけどね。だって信じられる? CD発売する前から予約でチャートの一位が決まってるのよ。アイドルオタクも大騒ぎしてるけど、裏方のざわつき方はそれ以上。早くも内々にCMの打診が複数来てるんだから……来なさい」

エリカは由起夫の腕を取ってベッドをおりると、リビングに向かった。バッグから薄い紙を出してテーブルに置いた。「離婚届」だった。

「わたしお風呂に入ってくるから、その間に自分の欄を埋めといて。ペンはこれ、あとあなたの名字の三文判も用意してある。朱肉もあるから……」

バスルームに向かって颯爽と去っていくエリカの後ろ姿はセクシーだった。黒いレースのランジェリーに、セパレート式のストッキング。しかもノーパンだから、一歩歩くごとに豊満な尻肉がエロティックに揺れる。この女と体を重ねたことは確実なのに、そのときの記憶に靄がかかっている。実感に乏しいのは、エリカの目的が最初からこれだったからか？

（いったいどこまで用意周到なんだ……）

離婚届はおろか、印鑑や朱肉まで置かれたテーブルを見て、由起夫は深い溜息をついた。

あなたがいたら邪魔なの――エリカの言い分はあまりにも理不尽なものだった。しかし、由起夫に抗う手立てはなかった。離婚すれば乃愛に二度と会えなくなるが、離婚しなくても別れはそう遠くない。エリカと寝てしまった自分を、乃愛が許してくれるとは思えないからである。

2

新宿中央公園のベンチでうとうとしていた由起夫は、胸ポケットに差したスマホが鳴りだしてビクッとした。

すでに日が暮れてあたりは暗く、気温もさがったようなので、ビクッに続いてぶるっと震える。どうせ智実からだろうと思いながら、スマホをポケットから取りだした。もちろん、智実だったら絶対に出ない。寝床も金も失ったと、泣きつくことはできない。

「おーい、よしよし、帰ってきなさい」という猫撫で声にそそのかされ、〈ルーザー〉に戻ったら最後、智実に金をつかまされた負け犬軍団に袋叩きにされるだろう。プライドの高い智実は、自分を裏切った男を決して許さない。足腰が立たなくなるまで痛めつけられ、ゴミ置き場にでも捨てられるのがオチである。

だが、スマホの画面には「発信元　佐倉エリカ」と表示されていた。一瞬、夢でも見ているのかと思った。由起夫は六本木にある外資系ホテルの部屋に離婚届を置き、その場から立ち去った、その後、彼女とはいっさい連絡をとっていない。

飛鳥のことが気になったが、顔を見れば離れられなくなりそうで、由起夫は自宅にも帰らなかった。滂沱の涙を流しながら、東京中を歩きまわった。疲れ果てて歩けなくなるまで歩きつづけ、自分のようなダメ人間はもう死んだほうがいいのではないかという精神状態で、気がつけば〈ルーザー〉で飲んでいたのだ。

（まさか……）

乃愛の身になにかあったのかもしれないと思うと、二度と関わり合いたくない相手でも電話に出ずにはいられなかった。

「もしもし？　沢野さん？」

電話の向こうから聞こえてきたエリカの声はビジネスライクで、なにを考えているのか推しはかることはできなかった。

「なんなんですか、まさか乃愛の身になにかあったんじゃ……」

「違います。乃愛も飛鳥ちゃんも元気だから心配しないで」

「……そうですか」

「あなたいま、どこにいるの？　田舎に帰ったのかしら？」

「東京にいますよ」

由起夫は憮然（ぶぜん）として答えた。生徒と駆け落ちした教師が、故郷に帰ることなんてできるわけないではないか。

「東京のどこ？」

「いまは新宿……中央公園……」

「あら、気が合うのね。わたしもいま新宿にいるんだけど、夜の公園でなにやってるのかしら？　まさかのぞきじゃ……」

「冗談じゃない。なにやっていようが余計なお世話ですよ」

由起夫は冷たい声でぴしゃりと言った。エリカは冗談のつもりだろうが、由起夫の目の前を、のろのろとホームレスが通りすぎていったからだ。明日は我が身かもしれない……。

「そうね。たしかに余計なお世話、ごめんなさい」

エリカは素直に謝ると、

「いま時間あるなら、これからちょっと会えないかしら？　話があるの」

「はあ？　いまさらなんの話があるっていうんです。人を騙して、妻子と引き裂いたくせに……」

「ずいぶん恨まれてるみたいね？」

「当たり前じゃないですか」

「騙したかもしれないけど、セックスしたことは事実でしょ？　つまり、わたしとあなたは他人じゃないの。そんなに冷たくしないで」

ナメきってるな、と由起夫は胸底で舌打ちしたが、

「まあ、いいわよ。話は会ってからする。ショートメールで待ち合わせ場所を送ります。こっちはそうね……三十分もあれば行けると思うから……」

送られてきた地図には、たしかに中央公園のすぐ近くの場所が記されていた。しかし、酒場でも料理屋でもなく、外資系の高層ホテルだった。ルームナンバーまで記されているから部屋らしい。

嫌な記憶が蘇ってきて、一瞬行くのをやめようかと思った。だがそのとき、ぐうっと腹が鳴った。限界を超えた空腹で眩暈がしていた。

（ハッ、芸能事務所の社長さまなら……）

食事くらい、余裕で奢ってくれるだろう。エリカに奢られたくなどなかったが、そのへんで拾い食いをするよりはマシだ。

「ええーっとですね、スパゲティボロネーゼ、クラブハウスサンドウィッチ……メインは国産牛のテンダーロインのグリルだな。あっ、せっかくだから本日のスープと季節のサラダもつけて……」

「そんなに食べるの？」

エリカが眉をひそめながら内線をかけ、ルームサービスをオーダーした。由起夫の注文に加え、彼女は赤と白のワインボトルを一本ずつとったが、由起夫はアルコールを口にするつもりはなかった。酒は悪魔の飲み物である。一年前、六本木のホテルで不用意に酔ったりしなければ、エリカと体を重ねることもなかったのだ。

そこは地上三十七階のホテルの部屋だった。

かつて間違いを起こしたホテルの部屋と同じように、リビングと寝室が分かれ、眼下に望む夜景もゴージャスに輝いている。

そして、エリカは濃紺のタイトスーツに黒いハイヒールという装いだった。見慣れた格好で仕事着のようなものだろうが、久しぶりに会ってみると圧倒されるほど綺麗だった。人として高級、という感じがする。スナック〈ルーザー〉やその周辺の飲み屋街に、彼女のようなタイプはいない。

やがてルームサービスが運ばれてくると、テーブル狭しと並んだ料理を、由起夫は片っ端から平らげていった。

「そんなにあわてて食べなくても、誰もとったりしないわよ」

エリカが呆れたように言い、

「そんなことより、いったいなんの話なんです?」

由起夫はもぐもぐとサンドウィッチを頬張りながら訊ねた。

「わざわざ電話してくるなんて、よっぽどのことなんでしょう?」

自分の言葉が、自分の胸に突き刺さる。エリカの電話を受けたときから、嫌な予感がしてしようがなかったのだ。

「乃愛の記者会見、見たかしら?」

「ええ……まあ……」

「あれはわたしの仕切りじゃないの。乃愛が勝手にしゃべりはじめたのよ」

「そうなんですか？」

「そうよ。映画の製作発表のバックステージでメディアに囲まれたら、いきなりあんなこと言いはじめて……まいっちゃったわよ、もう」

「どっ、どうしてそんなっ……」

「わたしが約束を守ろうとしないからなんだけどね」

エリカは髪をかきあげて深い溜息をつき、赤ワインをひと口飲んだ。

「なんですか？　約束って？」

「あなたを追っ払ったときに言ったのよ。いまはアイドルを頑張る時期だけど、売れたらまたあなたと引き合わせてあげるって。飛鳥ちゃんと三人で暮らせるようにしてあげるからって……だからあの子は、離婚届に絶対名前を書こうとしなかったの。失敗したなあって、あとからずいぶん後悔した。あなたが新しい女をつくって逐電したとでも言っとけば乃愛だって諦めがついたでしょうに、さすがに可哀相でそこまでは言えなくて……だって、あなたには大見得切ったけど、ひとりのアイドルが売れるか売れないかなんてわからないんだもん。どれだけ素材がよくても売れないことのほうがはるかに多いし、そうじゃなくても人気が出るまで何年もかかったりするのが普通なの。デビュー即トップアイドルなんてほとんど奇跡なんだけど、起こっちゃったのよねえ、奇跡が……信じられる？　乃愛ってまだデビューして一年ちょっとなのよ。彗星のように現れるや、あれよあれよでヒットチャートを席巻して、CM出演ランキングに入って、メディアからも取材が殺到……こんなこと、普通だったらあり得ないミラクルなの……」

疲労感をにじませて言葉を継ぐエリカを前に、由起夫の心臓は早鐘を打ちだしていた。つまり、自分と乃愛は、ふたたび一緒に暮らすことができるのだろうか？　もちろん飛鳥も一緒に……。

「ちょっ、ちょっといいですか？」

由起夫が上眼遣いを向けると、

「なによ？」

エリカはキレ気味に睨んできた。

「俺とエリカさんとのあれは……」

エリカは「しっ！」と唇に人差し指を立てると、

「乃愛には言ってないわよ。言えるわけないでしょ」

限界まで声をひそめてささやいた。

「これから先も言うことはないから安心しなさい。あなたも余計なことは絶対に言わないように」

「はっ、はい……」

うなずいた由起夫の胸は、歓喜ではち切れそうだった。エリカがあの夜のことを墓場までもっていってくれるなら、もう乃愛とやり直すことへの障害はない。

エリカが立ちあがった。向かったのは出入り口ではなく、トイレやバスルームがあるところでもなく、寝室だった。エリカがノックすると、少し間があってから、扉が開いた。

乃愛が出てきた。華やかなピンクベージュのワンピースを着て……。

（うわっ、鈴森乃愛だ……）

不覚にも、由起夫はまずそう思ってしまった。乃愛の芸能人オーラがすごかったからだ。ワンピースが華やかなだけではなく、髪のセットやメイクが洗練され、もちろん黒縁メガネもかけていなかった。

「それじゃあ、ごゆっくり……」

エリカが出入り口に向かっても、由起夫は一年ぶりに会う愛妻から眼を離せなかった。乃愛もまた、由起夫のことをじっと見つめている。黒い瞳が潤んでくる。気がつけば、お互いがお互いに吸い寄せられるようにして、熱い抱擁を交わしていた。

桃の匂いがした。

懐かしさに涙が出そうだった。

3

熱い抱擁は長々と続いた。

永遠に乃愛を抱きしめていたかったが、一年ぶりの再会を抱擁だけですませるわけにはいかない。

「先生っ……」

乃愛は嚙みしめるように言いながら、由起夫の顔をのぞきこんできた。「先生」という呼び名が懐かしく胸に響く。東京に来てからその呼び名はやめるように頼んだことがあるが、乃愛は頑なにやめようとしなかった。

「あっ、飛鳥は……寝室で寝てるのかい？」

上ずった声で訊ねると、

「ごめんなさい……」

乃愛は気まずげに首を横に振った。

「エリカさんに預かってもらってるの。わたしも近くにマンションを借りたから、どんなに忙しくても週に二、三回は顔を見にいってる。でも……先生は一年ぶりだものね。会いたかったよね……」

「外で子連れのところを見られるとまずいわけか……」

「それもあるけど……」

乃愛はますます気まずげに眼を泳がせた。

「せっかくの再会だから、今日は先生とふたりきりになりたかったの。飛鳥が邪魔ってわけじゃないのよ。そうじゃないけど、なんていうか……」

「わかってる」

　由起夫はもう一度、乃愛をきつく抱きしめた。

「俺も同じ気持ちだから……」

　一年も離ればなれでいた我が子の顔が見たいのは、親として当然だ。しかし、由起夫もできれば、乃愛とふたりきりで過ごす時間が欲しかった。後まわしにしてしまう飛鳥には申し訳ないが、それが正しい順番だ。乃愛と愛しあうようにならなければ、飛鳥もこの世に生まれてこなかったのだから……。

「先生っ……」

　こちらを見つめる乃愛の顔は、隙のないメイクのせいでやたらとキラキラして、いい匂いがした。アイドルになる前はせいぜい透明のリップグロスを塗るくらいだったのに、いまは薔薇色の口紅が引かれている。

「……うんんっ！」

　一年ぶりにキスをした。最初のキスは峠の麓にあるラブホテルだったが、いまは高層ホテルの三十七階。まばゆいまでに煌めく夜景が、ふたりの再会を祝福してくれているようだ。

「ぅんんっ……ぅんんっ……」

舌をからめあい、ワンピースの上から尻や背中をまさぐれば、欲情がむくむくとこみあげてくる。この三日間、ネットカフェで寝泊まりし、食事もロクにとれず、ホームレス寸前だった由起夫は、心身ともに疲れ果てていた。にもかかわらず、いや、だからこそなのかもしれないが、ペニスがすさまじい勢いで硬くなっていく。それに気づいた乃愛が、チラリとこちらを見て双頰を赤く染める。

「あっちへ行こう」

由起夫は乃愛の手を取り、間接照明もムーディな寝室に入った。すかさず乃愛の後ろにまわり、ピンクベージュのワンピースを脱がしにかかる。首の後ろのホックをはずし、ファスナーをさげて、絨毯の上に落としてしまう。

（うおおおっ……）

アイドルは下着姿になってもアイドルなのか、やたらと光沢のあるコーラルピンクのパンティとブラジャーを着けていた。パンティは可憐なバックレースに飾られていたが、その上からナチュラルカラーのパンティストッキングを穿いている。下着はアイドルにぴったりでも、パンストが醸しだす楽屋裏感がいやらしすぎる。

（たまらないよ……）

乃愛の両手をベッドにつかせ、尻を突きださせた。立ちバックの体勢になった彼女を、由起夫は後ろからまじまじと凝視した。乃愛のヒップはもともと丸い。女子高生時代からもぎたての果実のようだったが、一年見ないうちにボリュームを増した気がする。

パンティとストッキング——由起夫は二枚の薄布越しに、乃愛のヒップを愛ではじめた。尻の双丘に左右の手のひらをぴったりと密着させ、丸みを吸いとるように撫でまわしていく。極薄のナイロンとバックレースのざらつきが、愛撫に魅惑のアクセントを与えてくれる。

ボリュームを増したとはいえ、二枚の薄布越しに伝わってくる尻肉の感触は、ピチピチしていた。二十一歳の若さばかりがこれでもかと伝わってくるのは、智実のような淫乱熟女と、爛れたセックスばかりしていたせいだろうか？

「会いたかったっ……会いたかったよ、先生っ……」

乃愛はしきりに振り返っては、せつなげに眉根を寄せて見つめてくる。その顔には、正面から抱きあいたいと書いてあった。気持ちはわかるが、尻に惹かれてしまったのだからしようがない。それに加え、再会したばかりの愛妻と正面から見つめあうのは、まだちょっと照れくさい。

「んんんーっ！」

桃割れの間に手指を忍びこませていくと、乃愛はくぐもった声をもらした。由起夫は驚いて息をとめていた。パンティとストッキングに密封されているはずなのに、指先に淫らな熱気がからみついてきたからだ。それどころか、じんわりした湿り気まで指腹に伝わってくる。

（もう濡らしてるのか……）

そのことを、咎めることはできなかった。処女だった女子高生時代とは違い、乃愛の性感は充分に開発されている。東京にかけおちしてきた当初、セックスばかりしていたせいで、女の悦びを嚙みしめられるようになった。

そんな乃愛が、この一年間は禁欲生活を送っていたのだ。誰ともセックスしていないか確認したわけではないが、普通に考えたらあり得ない。トップアイドルになった彼女は、その気になれば男なんて選び放題なのである。

イケメン俳優だろうがIT社長だろうが新進気鋭のクリエーターだろうが、ほんのちょっと秋波を送っただけでベッドインできるだろうし、結婚することだって不可能ではない。だが、それをせずに由起夫を思いつづけてくれたことに感動せずにはいられなかった。

「ああっ、乃愛っ……」

ひとしきり尻の桃割れの間をまさぐると、由起夫は乃愛を後ろから抱きしめた。乃愛はすぐに振り返ってきてキスを求めてきたが、由起夫はキスの前にあることをするのを忘れなかった。

もっこりと盛りあがった男のテントを、乃愛の桃割れの間に押しつけていた。立ちバックができる体勢だったが、由起夫はズボンを穿いているし、乃愛もパンティとストッキングを着けているので、もちろん挿入はできない。しかし、キスをしながらぐいぐいと押しつけることはできる。早くも湿り気を帯びている女の部分に、淫らな刺激を与えてやる。

「ぅんんっ……ぅんああっ……」

舌と舌をからめあわせながら、乃愛の顔はみるみる生々しいピンク色に染まっていった。情熱的にキスをしていても、彼女の意識の半分は、男のテントを押しつけられているヒップにある。半分以上かもしれない……。

「うんああっ……はぁあああっ……」

やがて、キスを続けていられないほど息がはずみだし、可愛らしい声であえぎはじめた。由起夫は腰を使いながらも、今度は両手で乃愛の胸をまさぐりはじめた。コーラルピンクのブラジャーのカップはそれなりに堅固だったが、その上から揉みしだいてやる。ヒップ同様、バストも女らしいボリュームが増した気がする。

「ねっ、ねえ、先生っ……わたしもう、立っていられないっ……」

いまにも泣きだしそうな顔で哀願してきたが、そんな嘘は通じなかった。かけおちしてきた東京でふたりが住んでいたのは、年季の入ったボロアパートだった。部屋こそ居間と寝室に分かれていたものの、壁がとても薄かったので、夫婦生活はもっぱら狭いユニットバスの中——横になることができないから、繋がるのはたいてい立位だったのである。

「昔を思いだすんじゃないか？　世田谷のボロアパートを……」

「しっ、知らないっ！」

乃愛は恥ずかしがって顔を前に向けたが、耳が真っ赤に染まっていた。由起夫は彼女の背中のホックをはずし、ブラジャーをめくりあげた。清らかなピンク色の乳首を露出すると、左右の人差し指でくりくりと転がしはじめる。もちろん、腰も動いている。一定のリズムでぐいぐいと……。

「ああっ、ダメッ！　ダメよ、先生っ！」

乃愛が激しく身をよじりだす。由起夫の送りこむリズムを受けとめ、それに呼応するように、ヒップを左右に揺らめかせる。

由起夫の脳裏には、テレビで見た乃愛の姿が走馬灯のように流れていった。歌番組でミニスカートを翻し、元気に歌って踊っていた。協調性はないけれど、彼女の歌と踊りは一級品だから、ひとりであればステージで誰よりも輝いた。

CMにも何本も出ている。清涼飲料水やアイスのCMが印象的で、南国の青い空の下で飲んだり食べたりしている彼女はまさに天使だった。アイドルファンがアイドルに求めているのは清潔感や透明感であり、乃愛にはそれが誰よりも備わっていた。

しかし……。

そんなトップアイドルも、裏にまわればひとりの女。まだ乳首をいじられているだけなのに、欲情剝きだしで身をよじっている。パンティはおろか、ストッキングさえ穿いたままの格好で、いやらしいまでに尻を振りたてる。

「ああっ、ダメッ、先生っ！　ダッ、ダメだってばあああああーっ！」

切羽つまった声をあげ、ベッドカバーをぎゅっと握りしめる。上半身裸の乃愛を後ろから抱きしめているから、由起夫には彼女の体温が急上昇していくのがわかる。つるつる、すべすべの肌が、じっとりと汗ばんできている。

「イッ、イクッ！　乃愛、イッちゃいますっ！　イクイクイクッ……はっ、あぁあああああああーっ！」

ビクンッ、ビクンッ、と腰を跳ねさせて、乃愛は絶頂に達した。パンティやストッキングを着けたまま、挿入もしないでイカせたことなど初めてだった。もっとも、そんなプレイにチャレンジしたこともなかったが……。

4

「ひどいっ……ひどいよ、先生っ……」

乃愛はベッドの上にうつ伏せで倒れ、むせび泣いている。もちろん、本当に泣いているわけではないだろうが、泣きたくなるほど恥ずかしいのだろう。

いくら一年間も禁欲生活を送っていたとはいえ、いまのはたしかにいやらしかった。智実のような淫乱熟女でも、ストッキング越しに男のテントを押しつけられただけで、絶頂に達することはないだろう。

「久しぶりのエッチだから、わたしもっと……もっと甘い雰囲気で抱かれたかったのに！　蕩(とろ)けるようなやつがよかったのに！」

「どういうセックスだよ、甘く蕩けるようなって……」

由起夫は乃愛の側に座り、乱れた髪をくしゅっと撫でた。

「顔が見えるやつ。すぐキスができる距離で……」

「……なるほど」

「地元にいたときはそういう感じだったじゃないですか？」

「……たしかに」

故郷にいたときに体を重ねていたのは、もっぱら峠の麓にあるラブホテルだった。建物は古いし、窓のない淫靡な空間だったが、ベッドは広かった。薄い壁を気にする必要もなく、狭いユニットバスに体位も制限されなかったから、ゆったりした気分で正常位ができた。

（俺はユニットバスの立ちバックも好きだったけどな……お互い発情しきってるっていうか、興奮しすぎて動きがぎくしゃくしたりして……）

もちろん、そんなことを乃愛には言えなかった。もしかしたら乃愛にも、そういう気持ちが少しはあるかもしれない。なければあれほど毎日毎日、ユニットバスの中でセックスしなかっただろうが、彼女がいま求めているのは甘く蕩けるようなメイクラブなのである。

「ごめんな……」

由起夫は乱れた髪をやさしく撫でながら、乃愛の体をあお向けにした。左側から身を寄せていき、左腕で腕枕をして華奢な肩を抱く。乃愛の顔にはまだオルガスムスの余韻が残ってピンク色に染まっている。恨みがましい眼つきでこちらを見つめているのは恥ずかしいからだ。

「好きだよ……」

チュッ、と音をたててキスをした。

「また一緒に暮らせるなんて、夢みたいだ……」

「先生っ！」

乃愛がしがみついてきて、チュッ、チュッ、とキスをしてくる。小鳥がついばむような可愛いキスだったが、すぐにそれでは満足できなくなった。お互いに口を開き、舌を差しだせば、それがからまりあって濃厚なディープキスになっていく。

「ぅんんっ……ぅんんっ……」

由起夫は乃愛のつるつるした舌をしゃぶりまわし、甘い唾液を啜(すす)りつつ、右手を彼女の下半身に伸ばしていった。まだストッキングに守られている太腿を撫でまわすと、手のひらに伝わってくるざらついた感触に眼がくらんだ。ストッキングにぴったりと包まれた太腿は、どうしてこんなにもいやらしい触り心地がするのだろう？

敏感な内腿を撫でさすってやると、乃愛の両脚はじわじわと開いていった。みずから恥ずかしいM字開脚を披露しつつ、眼はまっすぐに由起夫に向けられている。すがるように見つめながら、次第に息がはずみだす。

「あううっ！」

ストッキングのセンターシームをなぞるように指を這わせると、乃愛は鋭い悲鳴を放った。恥ずかしそうな顔をしているが、感じていることは間違いなかった。その証拠に、すうっ、すうっ、とセンターシームをなぞるほどに、彼女の腰は浮いてくる。あふれだした発情の蜜は、パンティの股布を突破して極薄のナイロンまでべっとり濡らしているほどだ。

由起夫は、乃愛の体に残った二枚の下着を脱がしにかかった。パンティとストッキングを一緒に脱がすのは褒められたベッドマナーではないけれど、我慢できなかった。お尻のほうから一緒にずりおろしていくと、思ってもいなかった光景が眼に飛びこんできた。

（こっ、これはっ……）

由起夫は一瞬、まばたきも呼吸もできなくなった。

乃愛の股間の毛が、すっかり処理されていたのである。小高く盛りあがった恥丘がその全貌を露わにし、真っ白に輝いていた。乃愛の陰毛はＡＩイラストめいた美しい顔に似合わず、獣じみていると言ってもいいほどの剛毛だった。生えている面積も広いからやたらと黒々として、陰部の様子がつぶさにはうかがえなかったくらいなのだ。

「やだっ……」

乃愛が急に焦りだしたのは、自分でもＶＩＯの処理をしたことを忘れていたのだろう。下着を着けた状態でいきなりイカされたので、頭の中が真っ白になっていたのかもしれない。

「これはね……水着の撮影とかのために……」

「えっ？　水着にもなってるのかい？」

由起夫の知る限り、乃愛はまだ水着の写真を世間に出していないはずだ。雑誌のグラビアを何度か見たことがあるが、他のアイドルに比べて露出は圧倒的に少ないほうだった。

「ちょっ、ちょっとだけよ……カレンダーとか……あとはこの先、写真集の予定があるけど、ＶＩＯの処理って急にはできないから……もう半年以上もサロンに通ってるけど、まだ半年はかかるって……」

「なるほど……」

仕事の都合で陰毛を処理したことを咎めるつもりはなかった。乃愛の顔にはむしろ、剛毛のほうが似合わない。いまのほうが清潔感があっていい。いや、清潔感を漂わせながら、こんなにもいやらしいのはどういうわけか？

両脚を揃えていても、恥丘の裾野に割れ目の上端がチラリと見えているからだ。毛のない恥丘は真っ白なのに、割れ目の近くはほんのりと桜色を帯びて、身震いを誘うほどエロティックだ。

「むうう……」

由起夫は鼻息も荒く、乃愛の下着を脚から抜いた。一糸まとわぬ丸裸にすると、すかさず移動して両脚を開いた。

「いやあああっ……」

乃愛が悲鳴をあげて両手で股間を隠す。

「よく見せてくれよ」

「いやです」

「それじゃあエッチできないじゃないか……」

由起夫は股間を隠している手を、片方ずつ剝がしていった。

「みっ、見なくてもエッチできるしょ！　キスしながら指でしてよ。わたしは甘く蕩けようなるエッチがしたいの。舐めなくていいからっ……そういうのはなしでいいからっ……いっ、いやあああああーっ！」

アーモンドピンクの花びらを、ペロッと軽く舐めただけで、乃愛は大げさに泣き叫んだ。由起夫はひどく不可解だった。恥ずかしいのはわかるけれど、クンニをするのは初めてではないのだ。

だが、しばらく舐めまわしていると、過剰反応の理由が次第にわかってきた。陰毛の保護を失った女性器は、とびきり敏感なのだ。慣れていればともかく、乃愛がＶＩＯを処理した状態でセックスするのは、おそらくこれが初めて――感じすぎてしまうことに驚き、戸惑っているのである。

だが、セックスのときに感じすぎて悪いことなんてなにもない。ましてや夫婦生活なら大歓迎で、誰だって喉から手が出そうなほどそれを欲しがっているのではないだろうか？

（たしかにこれは……気持ちよさそうだよな……）

剝きだしの花びらは見るからに感度が高そうで、チロチロ、チロチロ、とくすぐるように舐めてやるだけで、乃愛はひぃひぃと喉を絞ってのたうちまわっている。親指と人差し指で割れ目をひろげれば、薄桃色の粘膜が蜜を漏らしながらひくひくと熱く息づいていた。なんだかここだけ違う生き物のようである。

だが、これはまぎれもなく乃愛の体の一部であり、もっとも敏感な性感帯だった。クリトリスの包皮を剝いたり被せたりしてやると、乃愛は腰を浮かせて身をよじりはじめた。

「いっ、意地悪しないでっ！　意地悪しないで、先生えええぇーっ！」

乃愛は赤く染まった顔を両手で隠していやいやをするが、べつに意地悪をしているつもりはない。愛の発露として、妻の体を丁寧に愛撫しているだけだ。

「はっ、はぁうううううぅーっ！」

満を持してクリトリスを舌で転がしはじめると、乃愛は喉を突きだしてのけぞった。由起夫はいやらしく尖った肉芽をチロチロと舐め転がしつつ、右手の中指で浅瀬をいじりだした。

肉穴はすでに大量の蜜を漏らしており、陰毛がないからヌルヌル感がすごかった。おまけに内側の肉ひだが指に吸いついてくるので、導かれるようにいちばん奥まで侵入していく。指を鉤状に折り曲げては伸ばし、伸ばしては折り曲げ、肉ひだのびっしり詰まった中を攪拌してやる。ついでに、上壁にあるざらついた凹み——Gスポットを押しあげると、

「ダッ、ダメッ、先生っ！　そんなのダメえええーっ！」

乃愛はひいひい言いながら泣き叫んだ。

「イッ、イッちゃうからっ！　そんなことしたらイッちゃうからあああーっ！」

イケばいい、と由起夫は胸底でつぶやいた。甘く蕩けるようなセックスとはいささか趣が違うけれど、女をよがらせたくない男はいない。女が燃えれば、男も燃えるのがセックスだ。

正直、まだズボンの中にある勃起しきった男根が苦しくてしょうがなかったが、やせ我慢のできない男に女を愛する資格はない。歯を食いしばって愛撫を続ける。

ずちゅっ、ぐちゅっ、と肉ずれ音をたてて中を攪拌し、チロチロ、チロチロ、と剝き身のクリトリスを舐めまわす。乃愛の可愛いヒップの下にあるシーツには、手のひらサイズのシミができていた。手応えを感じた由起夫は、中指に加え、薬指も肉穴に入れていく。

「はっ、はぁおおおおおおおおおおおおーっ!」

二本指で急所をえぐられる衝撃に、乃愛はブリッジするように背中を反らせた。浮かせた腰をガクガクと震わせ、開いた両腿をいやらしいくらいひきつらせて、オルガスムスに駆けあがっていく。

「イッ、イッちゃうっ! 乃愛、イッちゃいますっ! イクイクイクイクッ、もうイッちゃうっ! 我慢できないいいいいいーっ!」

乃愛がビクビクと腰を跳ねさせた瞬間、肉穴に埋めこんだ二本指に異変を感じた。中の汁気がにわかに倍増した気がしたので、由起夫は二本指を鉤状に折り曲げて、汁気を掻きだすように出し入れした。

「はぁおおおおおおーっ! はあおおおおおおおおおーっ!」

トップアイドルとは思えないはしたなさで、乃愛は恍惚の彼方へとゆき果てていった。いや、そこでイキきればまだ可愛げがあったのだが、さらなる高みにのぼっていった。由起夫が鉤状に折り曲げた二本指を、抜き差ししつづけたからである。

「ダッ、ダメッ！ダメダメダメダメえええええーっ！もっ、漏れるっ！そんなにしたら漏れちゃうっ！漏れちゃうからあああああーっ！」

次の瞬間、乃愛の股間から飛沫が舞った。潮吹きだった。一緒に暮らしていたときここまで追いこんだことはなかったが、乃愛は悲鳴をあげて大量の潮を吹き、由起夫の顔をびしょびしょに濡らした。

5

潮まで吹いてイッてしまった乃愛は、胎児のように体を丸めて拗ねている。

由起夫は顔を濡らした潮をタオルで拭うと、服を脱いで全裸になり、乃愛の背後から身を寄せていった。乃愛の体は熱く火照っていた。イキきってなお、喜悦の熱気を体に宿しているようだった。

「そんなにいじけるなよ」

耳元でそっとささやくと、

「誰がいじけさせてるんですか？」

乃愛は振り返らず、尖った声だけを返してきた。

「先生、ひどい。わたしばっかり感じさせて……」

「俺はエッチな乃愛が好きだよ」

「わたしはエッチじゃありません。先生がわたしをエッチにしてるだけです」

由起夫は両手を乃愛の体の前に這わせていき、双乳を裾野のほうからすくいあげた。やわやわと揉みしだき、先端をちょんと刺激すると、

「あんっ……」

乃愛は甘い声をもらして身をすくめた。清らかなピンク色の乳首は硬く突起し、ひどく敏感になっているようだった。唾液をつけた指でくりくりと撫で転がしてやると、身をよじりはじめた。しかし、拗ねた態度をとってしまった都合上、意地になって感じた素振りを見せない。

「ああっ、先生っ……先生えええっ……」

息がはずみだし、身のよじり方が激しくなっていく。脚をからませ、勃起しきった男根が密着している尻を振りたてる。それでも、あえいでいる顔を見られたくないのか、頑なにこちらを向かない。

ならば、と由起夫はそそり勃った男根を握りしめた。果実のように丸く、瑞々しいヒップの中心に狙いを定め、ずぶっと亀頭を埋めこんでやる。背面側位だ。

「えっ？　ええっ？」

乃愛は焦った顔で振り返ったが、由起夫はかまわず挿入を続けた。潮まで吹いた肉穴は充分に潤んでいたので、スムーズに奥まで入っていける。ヌメヌメした肉ひだが男根にからみついてきて、由起夫は陶然となった。一年ぶりに味わう感触だった。出会ったころは処女だったが、かけおちや出産を経て、ずいぶんといやらしい結合感になったものだ。

「んんんんーっ！」

男根を根元まで埋めこむと、乃愛は振り返っていられなくなった。由起夫は双乳をやわやわと揉みながら、彼女の耳や首筋を舐めた。舌が感じるポイントを通過すると、乃愛はビクッと震えた。

まだ腰は動かしていなかった。由起夫は男根を深々と埋めこんだまま、乃愛の片脚をあげさせた。左手で胸のふくらみをもてあそびながら、右手を無防備に開かれた股間に這わせていく。乃愛には陰毛がなく、割れ目は肉棒を咥えこむためにひろがっているから、クリトリスを見つけるのは簡単だった。

「あううーっ！」

右手の中指が敏感な肉芽に触れると、乃愛はのけぞって声をあげた。由起夫はねちっこくクリトリスを指で転がした。挿入前に二度もイカせた成果なのか、記憶にあるより大きく、硬かった。

（どんどんいやらしくなっていくな、この体は……）

そのことが、由起夫にはたまらなく嬉しかった。乃愛に少しくらい拗ねられても、感じさせることをやめることができない。乃愛は由起夫しか男を知らないならば、自分が感じさせなくて誰が感じさせてやるのだ。

「ああっ、先生っ……先生えええっ……」

激しく身をよじりはじめた乃愛の体を左手でしっかりホールドしつつ、由起夫はしつこくクリトリスをいじりまわした。まだ腰は動かしていなかったが、額に脂汗がにじみだしてきた。そろそろ我慢の限界だった。根元まで埋めこんだ男根をゆっくりと抜き、もう一度入り直していく。

「あああああっ……」

乃愛は喜悦に歪んだ声をあげ、裸身をぶるぶると震わせた。

由起夫は横向きになってクリトリスをいじりながら、ゆっくりと抜き差しを続けた。というか、お互いが横向きになっているこの体勢は、激しいピストン運動に向いていない。

だが、スローピッチの抜き差しも悪くなかった。もっと速く動きたいのに動けないもどかしさが、欲情と興奮をどこまでも高めていく。それは、乃愛も同じようだった。バックハグしている体が、一足飛びに熱を帯びていく。

「なあ……」

後ろからささやきかけた。

「上になってくれないか？」

「えっ……」

乃愛は真っ赤な顔で振り返った。

「それって……きっ、騎乗位？」

「ああ」

由起夫はうなずいた。騎乗位は乃愛が苦手にしている体位だった。まだ故郷にいるころ、峠の麓にあるラブホテルで一度チャレンジしてみたことがあるのだが、自分が上になるのが恥ずかしいのと、腰の使い方がよくわからないという理由で、二度と応じてくれなくなった。

しかし、いまこの状況ならいける気がした。激しい動きを求めているのは、由起夫も乃愛も同じだという手応えがあった。

「さっき、顔を見ながらしたいって言ってたろ?」

由起夫がニヤニヤしながら言うと、

「普通の正常位じゃ……ダメなんですか……」

蚊の鳴くような声が返ってきた。

「今日は特別なことがしたいんだよ。久しぶりの再会じゃないか……」

由起夫は男根を引き抜いた。

「あああっ……」

乃愛は一瞬、泣きそうな顔になった。騎乗位は恥ずかしいが、快楽は手放したくないのだ。スローピッチな刺激を長々と続けたことで、彼女の欲情と興奮は限界を超えて高まっているはずだった。

「ううう っ……」

恨みがましい眼つきで睨みながら、あお向けになった由起夫の腰にまたがってくる。勃起しきった男根に手を添え、性器と性器の角度を合わせて体重をかける。ずぶっ、と亀頭が再び肉穴に埋まった。

「はぁあああっ……」

乃愛は眼をつぶって眉根を寄せた悩殺的な表情で、最後まで腰を落とした。結合の衝撃に裸身をわなわなと震わせたが、それも束の間、すぐさま腰を動かしはじめたので、由起夫の息はとまった。

動かずにはいられないという切迫感がいやらしすぎた。それにも増して、股間を前後にこすりつけてくるような動きに眼を見張る。少しぎくしゃくして拙いが、本能に突き動かされている感じがする。

「ああっ、いやっ……あああっ、いやあああっ……」

恥ずかしそうに顔を歪めつつも、腰振りのピッチはあがっていくばかりだった。

誰かに教わることがなくても、本能に従えば動きは自然とスムーズになっていく。難しく考えなくても、快楽に導かれればいいだけなのだ。

（いい眺めだ……）

乃愛は上体を起こし、胸を張って、腰を動かしていた。それを下から見上げている由起夫には、ふたつの胸のふくらみがことさら大きく見えた。乃愛の腰振りに合わせてタプタプと揺れ、喜悦にとらわれれば小刻みに震える。先端で鋭く尖りきっている、清らかなピンク色の乳首もエロティックだ。

「むうっ……」

由起夫は我慢できなくなり、両手を乃愛の胸に伸ばしていった。双乳を下からすくいあげ、やわやわと揉みしだく。興奮が高まっているせいか、揉みくちゃにしても乃愛は痛がらなかった。それどころか、ひときわ甲高い声をあげてよがり泣き、左右の乳首をつまんでやると、

「ああああーっ！　はぁああああーっ！　はぁあああああーっ！」

薄暗い部屋中にあえぎ声を撒き散らして、腰振りに没頭していった。ずちゅぐちゅっ、ずちゅぐちゅっ、と卑猥な肉ずれ音がたってても羞じらうこともできない

まま、肉の悦びに溺れていく。

たまらなかった。

女が燃えれば男も燃えるのがセックスだが、相手のことを愛していれば燃え方が強く激しくなる。ただ興奮するばかりではなく、乃愛の快感を自分のこととして感じることができる。

「せっ、先生っ！　先生っ！」

腰を前後に振りたてながら、乃愛が薄眼を開いた。黒い瞳は淫らなほどにねっとりと潤み、小鼻が赤い。閉じることができなくなった口で息をはずませながらも、ひどく戸惑っている。絶頂が近づいているようだ。

「イッ、イッちゃいそうっ……わたしまた、イッちゃいそうですっ……」

由起夫はうなずいたが、このままイカせるつもりはなかった。乃愛の両膝を立てさせ、男の腰の上でM字開脚を披露させた。

陰毛に守られていない乃愛の股間は割れ目が剝きだしだった。太々と膨張した男根をずっぽりと咥えこみ、アーモンドピンクの花びらが吸いついている様子が、つぶさにうかがえた。

「いっ、いやです、先生っ！　こんな格好っ……」

乃愛は紅潮した顔をくしゃくしゃにして羞じらったが、由起夫は聞く耳をもたなかった。彼女の両脚をM字にひろげたのは、ただ眼福（がんぷく）のためだけではなく、結合感を深めるためだった。

双乳を揉んでいた両手を細い腰にすべらせ、前後に揺すってやると、

「はっ、はぁうううううーっ！」

子宮をぐりぐりこすられた乃愛は、半狂乱であえぎはじめた。

「おっ、奥がっ……奥がいいっ！　奥が気持ちいいいいーっ！」

新たな快感に目覚めた乃愛がみずから腰を動かしだすと、由起夫は両手を離した。逆に乃愛が両手を伸ばしてきたので、左右とも手を繋いだ。指と指とを交差させる恋人繋ぎだ。

「ああっ、いいっ！　先生っ！　気持ちいいいーっ！」

あられもない格好にもかかわらず、乃愛は興奮しきっていく。彼女はもはや、本能を剝きだしにしていた。クイッ、クイッ、と股間をしゃくるような浅ましい動きまでして、肉の悦びをむさぼり抜こうとする。

「イッ、イクッ！　もうイッちゃうっ！　イクイクイクイクイクイクーッ！」

眉間に深い縦皺を刻んで身をこわばらせていたかと思うと、次の瞬間、ビクンッ、ビクンッ、と腰を跳ねあげた。とめどもなくあえぎ声を放ちながら、女の悦びを嚙みしめていたが、休憩するにはまだ早い。

「ひいいっ！」

乃愛が眼を見開いて声を放ったのは、由起夫の右手の親指がクリトリスをとらえたからだった。ワイパーのように動かして敏感な肉芽を刺激してやると、乃愛はいまにも泣きだしそうな顔になった。

「ダッ、ダメッ！　ダメよ、先生っ！　そんなことしたらイッちゃうからっ！　またイッちゃうからあああーっ！」

「イケばいい」

由起夫は興奮に猛った眼つきで返しつつ、クリトリスを刺激しつづけた。もちろん、肉穴には勃起しきった男根が埋まっている。まだ一度も射精していないそれは、硬さもマックスだった。ずんっ、ずんっ、ずんっ、と下から突きあげてやると、

「ダメダメダメえええええええーっ！」

乃愛はちぎれんばかりに首を振り、長い黒髪を振り乱した。

「ねえ、先生っ！　イッちゃうからっ……そんなことしたらすぐイッちゃうからっ……ああっ、いやっ！　イッ、イッちゃうっ……続けてイッちゃうっ……イクイクイクイクッ……はっ、はぁおおおおおおおおおーっ！」

獣じみた声をあげてビクビクと全身を震わせると、乃愛は力尽きたように由起夫に上体を預けてきた。由起夫はしっかりと受けとめた。

乃愛の裸身は燃えるように熱く、熟した桃のような甘ったるい匂いの汗にまみれ、絶頂の余韻でピクピクと痙攣していた。顔と顔とがすぐ近くにあったが、はずむ呼吸のせいで会話どころかキスすらもできないようだった。しばらくの間、呼吸を整えること以外、なにもできない時間が続いた。

「……先生の意地悪。イカせすぎです」

やがて、乃愛が咎めるように言ってきた。口調は咎めるようでも、眼は笑っている。

「どうして笑ってる？」

「だって……」

三日月のように細めた眼で、さも愛おしげに見つめてくる。

「先生、帰ってきてくれたんだなって……ようやく元の生活に戻れるなって……ひどいことばっかりされてるのに、そう思うと笑いがこみあげてきちゃう」

「ひどいことはしていないと思うが……」

由起夫は苦笑したが、

「してるでしょ！」

チュッ、と音をたてて乃愛がキスをしてきた。

「こんなに続けて何度もイカせて、おかしくなりそうでした」

「愛してるからイカせるんだよ」

「それにしたって限度があります。嫌いになりますよ」

「できるかな？」

由起夫は余裕綽々の笑顔で答えた。

「生意気な口をきいて、泣かされるのはそっちだと思うけどね。俺のものはまだ、元気いっぱいだ」

勃起しきった男根の先で子宮をぐりっとこすると、

「ひゃあぁーっ！」

乃愛は尻尾を踏まれた猫のような悲鳴をあげた。

「ダッ、ダメですからっ……わたしもう、お腹いっぱいですからっ……お願いだから、許して先生っ……せっ、せめて休憩をっ……ちょっと休憩をっ！　はっ、はぁあああああーっ！」

ずんずんっ、ずんずんっ、と下から連打を送りこむと、乃愛はみるみる乱れはじめた。彼女はまだ若いし、体力がある。「お腹いっぱい」と言ってもまだまだイカせることができそうで、由起夫は乃愛を抱きしめながら、渾身(こんしん)のストロークを送りこんでいった。

第五章　エッチなことなんでもします

1

乃愛が住んでいるのは、代々木上原にある低層マンションの三階だった。

トップアイドルが住むのに相応しい造りで、セキュリティは万全のようだった。地下駐車場にある専用のエレベーターを使えば住人と顔を合わせることなく部屋まで行けるし、立派なエントランスの他にも裏口が全部で三つある。

情けないことに、寝床も仕事も金もない由起夫は、乃愛の部屋に転がりこむことになった。いくら万全のセキュリティといってもマンションの外には常に張りこんでいるメディア関係者がいるから、一度入ったら出られなかった。

籠城である。彼らが狙っているのは、由起夫の写真であり、インタビューなのでそれもしかたがない。ネットは大炎上中のようだし、テレビの情報番組でも、トップアイドルがひた隠しにしていた夫はどういう男なのかという話題に終始し、様々な憶測が飛びかっていた。

不自由な生活に辟易しながらも、由起夫にとっていいこともあった。二歳になった飛鳥と再会できたときは、目頭が熱くなってしようがなかった。

エリカが所属事務所の社長兼マネージャーであることはメディア関係者に知られているので、彼女の両親がクルマで連れてきてくれたのだ。

「パパのこと覚えてるかい？」

恐るおそる訊ねてみると、飛鳥は澄ました顔で首を横に振り、乃愛の後ろに隠れた。いくら話しかけても、簡単には打ちとけてくれそうになかった。早くもツンデレの片鱗を見せつけられた思いだったが、どうせ二歳の記憶だって大人になればなくなってしまうものだから、気にしていてもしようがない。

「しかし、どうしたものかしらね……」

エリカは食糧などを買って毎日届けにきてくれたが、その顔色は曇っていくばかりだった。

「映画の出演はもちろん飛んだし、CMに出てる七社のうち、三社から契約違反じゃないかって話が内々にきてる。べつに悪いことしてないのにねえ。不倫でもなけりゃあ、略奪愛でもないし……」

「教師と生徒の関係だったたっていうのは、問題になってないんですか？」

由起夫が訊ねると、

「なってるに決まってるでしょ」

エリカに睨まれた。

「でもそれだって、論点ずらしみたいなものよ。この大炎上の本質は、乃愛が既婚者の子持ちであることを隠してたってこと。隠したままアイドル活動を始めて、あっという間にトップにまでのぼりつめちゃったから、熱心に応援してくれたファンの人たちが『騙(だま)された！』って憤ってるわけよ。デビューの仕方が自分の過去を赤裸々に告白する正直キャラだったたから、余計にね……」

「なにか打つ手はないんですか？」

「いまのところはないわね。こっちからあらためて記者会見を開くような話じゃないし、伝えるべきことは乃愛がもう伝えちゃってるんだもん」

「……すいません」

乃愛はしおらしくエリカに頭をさげた。

「ある程度予想してましたけど、こんなに大事になるなんて……ＣＭを降板させられたら、違約金が発生しますよね？」

「億単位のね」

ふうっ、深い溜息をついてからエリカは続けた。

「でもね、乃愛。わたしはこう思ってるの。あなたがこのまま引退しちゃってもいいかなって……」

「えっ？　でも、そうなったら違約金が……」

「そんなのはわたしがなんとかする。社長なんて責任とるためにいるんだから……そんなことより、あなたが余計なこと言わずにアイドルを続けてたら、何十億円稼ぐのも夢じゃなかったのよ。でもね、わたしはお金のためにあなたを育てたわけじゃない。わたしはわたしのことを受け入れてくれなかった芸能界に復讐したかった。この手でトップアイドルを育てたかった。そういう意味では、目的はもう達せられたって言ってもいいの。彗星のように現れて、たった一年で消えていった子持ちのアイドル……あなたはたとえ引退しても伝説になる。そんな子を見つけてきて、プロデュースできて、二人三脚で頑張ってこれたんだから、満足すべきなのかも……」

由起夫には、エリカが強がりを言っているようには見えなかった。彼女の頭の中には、乃愛が既婚者の子持ちであることを記者会見で言ってしまったときから、引退の二文字がよぎっていたのかもしれない。

そうであるからこそ、由起夫と乃愛を再会させたのではないか？　乃愛が引退してもいいと思っていなければ、そんなことをせずに、アイドルを続けるよう全身全霊で説得したに決まっている。乃愛もけっこうな頑固者だが、エリカの意志の強さだって人後に落ちない。

「ねえ、先生……」

エリカが帰っていくと、乃愛が思いつめた表情で訊ねてきた。

「わたしって欲張りなのかなあ……」

「どうして？」

「だって……先生や飛鳥とも暮らしたいし、アイドルもやめたくない。可愛いドレスを着て、虹色のライトに照らされたステージにまた立ちたい……」

「だったら……」

由起夫の言葉を遮って、乃愛は続けた。

「アイドルは普通、ステージで輝くために恋愛を我慢するの。でも、それって意味あるのかなって……スタイル維持するために食べるのも我慢、誰が見てるかわからないから羽目をはずすのも我慢……我慢、我慢、我慢ばっかり。そんな子が歌って踊るのを見てて、みんな楽しいかな？　わたしが欲張りなだけ？」

由起夫はにわかに言葉を返せなかった。乃愛の気持ちもわからないではないけれど、人前に出る人間がある程度ストイックな生活を強いられるのはしかたがない。俳優や歌手だって、見映えをよくするために食事制限をしたりジムに通っている者が少なくないはずだ。

ましてやアイドルが売っているのは幻想だ。アイドルオタクはただ単に歌や踊りを楽しんでいるわけではない。妄想の中で疑似恋愛をするために応援しているのだから、既婚者の子持ちにその資格がないという理屈は間違っていない気がした。せめて隠し通せばよかったが、乃愛はすべてをぶちまけてしまった。

(さすがに取り返しがつかないよなあ……)

この部屋に来てすぐ、乃愛は自分のライブ映像を観せてくれた。まだ発売前のDVDなので、パッケージに「見本」というシールが貼られていた。

マイクを持って歌い踊る乃愛は、本物の天使か妖精のようだった。由起夫はすっかり見とれてしまい、二時間以上あるステージを一気に観てしまった。彼女は天性のアイドルだと思った。乃愛を見上げる観客の眼つきは、例外なく恋する者のそれだった。男のファンだけではなく、女のファンまでそうだった。

そんな乃愛を、本当に引退させていいのだろうか?

離婚届が提出されていない以上、由起夫は乃愛の正式な夫だった。夫は誰よりも妻を愛し、妻を幸せにするために存在する。そうであるなら、乃愛の「欲張り」な望みを、そう簡単に諦めてはいけない気がした。

現状を突破することは簡単ではないし、エリカはすでに諦めかけている。それでも、なんとかする方法を必死になって模索しなければ、胸を張って夫であるとは言えないのではないだろうか?

2

空気が澱んでいた。

由起夫はもともとインドア派で、外に出かけていくより、家の中で本を読んだり、映画を観たりするのを好むタイプだったが、それにしたって二週間もマンションの一室に籠城していると気分が鬱屈してくる。

乃愛の引退問題はすべてが棚上げにされたまま、メディアだけが騒いでいた。といっても、水面下ではいろいろあるようで、スポンサー筋との協議に忙殺されているエリカがやってくるのは毎日ではなくなった。彼女のやつれた顔を見るたびに、近いうちに大きな決断が下されるだろうという予感だけが高まり、由起夫と乃愛はその話題を口にしなくなった。

（まったく、久しぶりの家族水入らずがこんなことになるなんてな……）

心の中で嘆いてみても、鬱屈を顔に出すことさえはばかられた。本当なら、由起夫は乃愛や飛鳥と一緒に暮らすことなどできない立場だったのだ。せいぜい乃愛のご機嫌をとることに尽力しなくては、バチがあたるというものである。

「ねえ、先生……」

寝室で飛鳥を寝かしつけていた乃愛が、リビングに戻ってきた。

「今日なんの日か覚えてる？」

「えっ？　ああ……」

由起夫はソファに寝っ転がってスマホをいじっていた。

「覚えてるよ、もちろん……覚えてるけど……」

今日は乃愛の誕生日なのだ。しかし、こんな状況ではレストランに行くこともできないし、ケーキやプレゼントも買いに行けない。そもそも由起夫は一文無しみたいなものだから、早急に仕事を探さなければならないのに、エリカから「とりあえず、あなたは部屋から絶対に出ないで」と言い渡されている。「とりあえず」がいつまで続くのかもわからないまま……。

「誕生日おめでとう。二十二歳だね……」

「今日がわたしの誕生日ってことは、明日は先生の誕生日でしょ？」

「もう三十六だよ、やんなっちゃうな」

「プレゼントがあるんだけど……」

「えっ？」

由起夫は眉をひそめた。部屋から一歩も出ないまま、プレゼントを用意する方法なんてあるのだろうか？　通販で買ったものが配達されてきた気配もないが、乃愛は右手を背中に隠している。いかにもプレゼントを持ってますというふうに。

「なっ、なんだよ、プレゼントって……」

由起夫は体を起こし、背筋を伸ばしてソファに座り直した。

「はい」

乃愛が差しだしてきたのはピンク色の封筒だった。開けてみると、中から名刺サイズの紙が出てきた。衝撃的な言葉が手書きで記されている……。

『エッチなことなんでもします券』

由起夫は棒を呑みこんだような顔になり、

「なっ、なんなんだ、これはっ……」

呆れたように言った。

乃愛は真顔で答える。

「外に出られないからって、プレゼントなしっていうのは嫌だったから、一生懸命考えたの」

「考えた結果が、これか……」

「そんなに引くことないじゃないですか。『肩叩き券』じゃ子供みたいだし、『家事代行券』じゃ所帯じみてるし……」

「で、考えた結果が『エッチなことなんでもします券』……」

「だって先生、エッチが大好きじゃないですか」

乃愛の言いたいことも、わからないではなかった。ただし、セックスが大好きなのは由起夫ひとりではない。乃愛もまたそうだった。

この部屋に籠城を始めて二週間、ふたりはセックスばかりしている。飛鳥の面倒も見なければならないし、食事の用意だってしなければならないが、残りの時間は全部セックスなのである。

たとえ部屋の空気が澱んでいても、気分が鬱屈していても、裸で抱きあえば頭を真っ白にして快楽を追求できるからだ。幸いというべきか、このマンションの壁は厚い。隣の部屋の物音ひとつ聞こえないから、気兼ねなく声を出せるし、べッドはクイーンサイズの高級品。リビングにはL字形の大きなソファだってあるから、心置きなく恍惚を分かちあうことができる。

ただ、乃愛はいささか扱いづらい女だった。

一緒に住んでいるときからそうだったが、性感は充分に発達しているのに、過剰なほど恥ずかしがり屋なのだ。由起夫が一生懸命イカせてやっても、拗ねたり怒ったり自己嫌悪に陥ったりと大変で、「もうこういうことはしないでください」とNGばかりが増えていく。連続絶頂や潮吹きはもちろん、騎乗位でのM字開脚も嫌がるし、ともすればクンニまでNGにされそうな勢いなのだ。

とはいえ、乃愛にしてもそういう状況に思うところがあるらしく、『エッチなことなんでもします券』はNGだらけになりそうな夫婦生活への緩和策なのだろう。乃愛にしても基本的には気持ちがよくなりたいわけで、心が体に追いついていないから、少しずつでも恥ずかしさの壁を乗り越えていきたいに違いない。

「飛鳥、よく眠ってる……」

乃愛が寝室をチラッとのぞいてからささやいた。セックスをしようという、彼女なりのアピールである。

「先生の誕生日は明日だけど、もう発券したからなんでも言っていいですよ」

「これってさ……」

由起夫は上眼遣いで乃愛の顔色をうかがった。

「使えるのは一回こっきりなの？」

「そりゃそうですよ」

「電車の定期みたいに、一カ月間使い放題ならいいのに……」

「ありがたみがなくなるでしょ」

「まあ、そうか……」

由起夫の頭の中には、自分でも引くほどのいやらしい想念が去来していた。

「本当に『なんでも』いいんだね？」

「覚悟はできてます。なんでも言ってください」

乃愛はことさらにキリッとした表情で答えた。

「でもなあ……」

由起夫は腕組みをして唸った。いやらしいことをなんでもしていいというなら、ぜひともお願いしたいことがひとつある。『券』を見た瞬間、頭に浮かんだプレイが明確にあるのだが……。

「やっぱ、いいや」

「えっ？　どうして？」

「いや、だって……ドン引きされるに決まってるからさ。人間性を疑われるというか……」

「そんなことないですよ。わたし、なに言われたって先生の人間性を疑ったりしません。それに、ハードルが高いこと言われたほうが、ありがたみがあるでしょ？　いちおう誕生日プレゼントなんですから……」

「……そう？」

由起夫は意味ありげな眼つきで乃愛を見た。乃愛は意を決した表情で、力強くうなずく。

「……浣腸」

由起夫が小声でボソッと言うと、

「えっ？」

乃愛は大きく眼を見開いた。

「浣腸してみたい」

「嘘でしょう……」

予想通り、乃愛は引いた。ドン引きだった。澱んでいた部屋の空気が一瞬にして凍りつき、乃愛の眼つきは驚愕から落胆、そして軽蔑へと色を変えていく。

(だから言いたくなかったんだよ……)

由起夫は胸底で溜息をついた。誓って言うが、自分は変態性欲者ではないと思う。SMプレイに興味をもったことなどないし、ヴァイブだの電マだのを使ったセックスさえ苦手だ。

とはいえ……。

エリカに聞かされた浣腸の話には興奮させられた。いままで経験したことがないような、異様な興奮だった。

エリカは掛け値なしの美人だった。芸能界で成功できなかったのが不思議なくらいの美貌の持ち主で、スタイルだって抜群だ。彼女がなぜ売れなかったのか、いまなら理由がぼんやりわかる。隙がないのだ。男がつけいる隙がなく、結果としてモテない女は一般人でもいるが、そのハイグレード・バージョンなのである。

そんな高嶺の花が、セットの裏で監督に浣腸されていたなんて——芸能界は恐ろしいところだと思った。しかもエリカは、そのことに対して憤っているわけではなく、恍惚とした表情で話していた。出したいものをこらえて演技をさせられ、その後、トイレの個室で監督とセックスしたらしいが、エリカは半狂乱で燃えあがったらしい。おそらく、迫りくる強烈な便意に抗いながらも、イッてイッてイキまくったのだろう。

すごい話だと思った。

おかげで興奮しきった由起夫はエリカとあやまちを犯し、すべてを失ってしまうことになるのだが、そうなってからも、浣腸の話は頭の片隅にこびりついて離れなかった。眠れない夜はよく、「浣腸　セックス」で検索しては、そのアブノーマルプレイについての知識を増やしていった。そのうち智実にやってみたいな、などと妄想をふくらませながら……実際には、男を飼い犬と思っているスナックのママが、浣腸などさせてくれるわけがないのだが……。

だがもちろん、乃愛に対してまでそんな妄想を抱いたことはない。由起夫にとって乃愛は、穢して興奮する対象ではなく、大事に愛でることで磨きあげたい対象だからだ。アイドルになってからはなおさら、妄想をするだけでも罪悪感をもってしまいそうなほど、清らかなオーラをまとうようになった。

しかし……。

向こうから『エッチなことなんでもします券』を差しだしてきたとなると話が変わってくる。それを見た瞬間、由起夫の中でスイッチが入ってしまった。

エリカが浣腸されたという話を聞いて異様に興奮したのは、彼女がそういうことは無縁に見えるからだ。だがそうであるなら、乃愛のほうがよほど、浣腸などとは別の世界に生きている。

「ダメならいいんだけどね……」

由起夫は溜息まじりに苦笑した。

「いくらなんでも、浣腸はあり得ないよな。嫌われたくないから、無理強いはしないよ。いまの話は忘れてくれ」

嫌われたくないのは、嘘ではなかった。奇跡のように復活した乃愛との夫婦関係を、もう二度と失いたくない。しかも、関係崩壊の原因が浣腸だなんてことになったら、泣くに泣けないだろう。間抜けにも程がある。

3

「先生って……」

乃愛が青ざめた顔で言う。

「わたしのこと恥ずかしがらせるのが本当に好きですね。でも、さすがに……トイレしてるところまで見たがるなんて、異常……」

「いや、違うんだ」

由起夫はあわてて言った。

「出すところを見たいわけじゃなくて、浣腸した状態でセックスしたいんだよ」

「ええっ？」

「女の前の穴と後ろの穴は8の字の筋肉で繋がってるらしいから、お尻の穴を締めると前の穴も締まって、締まりがすごくよくなるらしいんだよね。男も気持ちいいけど、女も気持ちがよくてたまらないって話だからさ……」

「トイレするところは見ないんですか？」

「当たり前だよ。そんなもの見たがるのは正真正銘のド変態だ」

唇を尖らせつつも、罪悪感が胸を揺さぶる。

(俺はいったい、なにを言ってるんだ……)

目の前にいる乃愛は、つやつやした白いシルクの部屋着姿だった。半袖にショートパンツだから、健やかな長い手脚が露わである。顔はもちろん綺麗だし、そこに人気アイドルになった自信が加わって、側にいるだけで圧倒される。なんというか、自分まで映画のスクリーンにまぎれこんでしまったような気分になってくるのだ。

そんな彼女を妻にもち、体を重ねる権利をもちながら、浣腸などと言いだした自分が情けない。飛鳥も寝たことだし、いつものように抱けばいいのだ。NG項目が増えてきたとはいえ、この二週間、乃愛の感度は高くなっていくばかりだから、普通にセックスするだけで、めくるめく快感と爆発的な射精は約束されている。

「そんなにしたいんですか？」

乃愛に上眼遣いでじっとりと見つめられ、

反省していた由起夫は我に返った。

「えっ？」

「したいんですか？　浣腸」

可愛い乃愛の口から「浣腸」という言葉が放たれた瞬間、由起夫はゾクッとして勃起した。

「いや、その……したいかしたくないかって言われたら、そのう……」

混乱のあまり、しどろもどろになってしまう。浣腸を施した乃愛とセックスはしてみたいが、そのせいで嫌われるのは最悪だった。嫌われるくらいなら、欲望をこらえたほうがずっといい。だが、嫌われないでできるなら……。

「じゃあ、してもいいです」

乃愛は挑むような眼つきで言った。

「なんでもしてもいいって、わたしが言いだしたことだし。言っておきながら、あれはダメこれはダメって言うのは潔くないし……」

「いや、その……本当にいいの？」

由起夫はこれ以上へりくだれないほどへりくだって訊ねたが、

「いいですよ」

乃愛は胸を張ってうなずいた。

「でも、トイレするところは絶対に見ないって約束してくださいね。我慢できなくなったら、すぐにトイレに行かせてください。そうじゃないと、惨劇になっちゃいますから……」

たとえ惨劇が起こっても俺はキミのことを永遠に愛している、と言ってやりたかったが、由起夫は黙っていた。惨劇を望んでいると思われるのは心外だし、余計なことを言って乃愛の気が変わってしまっては困るからである。

浴槽(よくそう)に湯を張ると、ふたりでバスルームに移動した。

まずはゆっくり湯に浸かったほうが、乃愛の肛門もほぐれるだろうと思ったからだ。かつてスマホでよく検索(けんさく)していたので、由起夫には浣腸プレイの知識が多少はあった。主にアナルセックスの準備についてだが、イチジク浣腸などの薬品を使わなくても、ぬるま湯で充分に腸内は洗浄できるらしい。

由起夫の目的はアナルセックスでも腸内洗浄でもなかったが、薬品を使わなくてよければハードルはさがる。さらに、浣腸器がなくてもシャワーで代用できるようだ。シャワーヘッドをはずした状態で、肛門からぬるま湯を注入するのだ。シャワー浣腸、略して「シャワ浣」という専門用語まであるらしい。

「大丈夫かな？　わたし、少し太っちゃったから……」

浴槽に浸かっている由起夫の両脚の間に、乃愛はバックハグの体勢で体を入れてくる。そのマンションのバスルームは広く、浴槽も大人がふたりでゆうに浸かれるサイズだった。

（太ったんじゃないよ……）

乃愛を後ろから抱きしめながら、由起夫は胸底でつぶやいた。彼女の体なら、十七歳のときから知っている。びっくりするほど細くて薄かったものだが、二十二歳になったいまはバストやヒップのボリュームが増した。ウエストは細くて薄いままだから、太ったのではなく女らしい体つきになったのだ。

「あんっ……」

由起夫は後ろから両手を伸ばし、双乳を裾野からすくいあげた。つるつるした素肌の感触にうっとりしつつ、ゴム鞠のように弾力のあるふくらみを揉みしだく。

「あああっ……」

乃愛は長い髪をひとつにまとめていたから、由起夫の目の前には後れ毛も妖しいうなじがあった。そこにチュッチュッとキスをしながらふくらみを揉んでやれば、乃愛の呼吸がはずみだす。清らかなピンク色の乳首が、早く触ってとばかりにむくむくと頭をもたげてくる。

（俺は本当にド阿呆だな……こんなに若くて綺麗な妻がいるのに……普通に抱くだけで最高なのに、浣腸したがるなんて……）

この部屋に来て二週間、ふたりで一緒に風呂に浸かるのはこれが初めてだった。かつてボロアパートに住んでいたとき、ユニットバスでばかりセックスしていたトラウマがお互いにあるからだ。トラウマというと大げさだが、厚い壁と広いベッドがあるのなら、そちらでじっくり愛しあったほうが絶対にいい。

とはいえ、一緒に湯に浸かるのはいいものだった。

「先生、好きよっ……大好きっ……」

乃愛が振り返ってキスをしてくる。本能剝きだしでお互いを求めあうのも興奮するけれど、こうしているとラブラブなムードが味わえる。由起夫はあえて敏感な乳首には触れず、ふくらみをやさしく揉んだり、うなじや耳にキスをしたり、愛だけに満ちた時間を堪能した。

しかし……。

股間のイチモツは鋼鉄のように硬くなり、ズキズキと熱い脈動を刻んでいる。どれだけラブラブなムードであろうが、その先に浣腸プレイが待っていることを忘れたわけではないからだ。

百戦錬磨のエリカさえ、半狂乱で燃えあがらせるほどの快楽とは、いったいどれほどのものなのだろう？　女がそれほど乱れれば、男だって気持ちがいいに違いなかった。実際、還暦を超えた映画監督が発情期の獣のように興奮していたらしい。

「ねえ、先生……そろそろ出ないとのぼせちゃう……」

振り返っている乃愛の顔は紅潮し、額や鼻の頭に汗の粒が浮かんでいた。実際にのぼせそうなのだろうが、と同時に、彼女もまた、これから先に起こることを想像して興奮しているような気がした。

乃愛は極端な恥ずかしがり屋だが、実のところ、性的な好奇心が旺盛でもあるのだ。連続絶頂や潮吹き、あるいは騎乗位でのM字開脚といった恥ずかしいプレイでも、一度は受け入れているのがその証拠である。まさか浣腸プレイに誘われるとは思っていなかっただろうが、トップアイドルの頭の中はいま、不安より期待のほうが大きいかもしれない。

「出ようか……」

由起夫は乃愛の手を取って立ちあがり、浴槽から出た。洗い場も三畳ほどの広さがあり、床や壁がシックな黒い人工大理石で、トイレと一体になったユニットバスとは比べものにならないほどゴージャスである。

「まずは体を洗おうか……」

由起夫はボディソープのボトルをプッシュして手に取ると、乃愛の背中に塗りはじめた。べつに体を洗う必要はない気がしたが、ヌルヌルしたソープを乃愛の体に塗りたくりたかったのだ。洗うというより愛撫である。

「あんっ、いやっ……」

後ろから両手を伸ばして双乳をすくいあげると、浴槽の中では刺激しなかった乳首ごと、ふくらみを揉みくちゃにした。さらに、コリコリに硬くなった乳首をソープでヌメッた指でつまみ、いじりまわしてやる。

「ああっ、いやっ……あああっ……」

乃愛が身をよじりはじめる。バックハグをしているから、ソープまみれの背中と由起夫の体の前面がヌルヌルとすべる。いやらしすぎる感触に、由起夫の顔は燃えるように熱くなっていく。

ひとしきりソーププレイを堪能すると、乃愛の両手を浴槽の縁につかせた。尻を突きださせて立ちバックの格好にすると、あられもなく露出された後ろのすぼまりに、たっぷりとソープを塗りたくった。

「やっ、やめて、先生っ！　そんなところ触らないでっ！」

乃愛は涙声で哀願してきたが、

「洗わなきゃダメだろ。これから浣腸するんだし」

「でもっ……でもっ……」

「もういい加減、観念しろよ」

由起夫は興奮のあまり、愛妻にやさしい気遣いができなくなっていた。鼻息を荒らげながら、すぼまりの細かい皺を一本一本伸ばすように指を這わせた。たとえ夫婦でも、いままでそこは決して触れてはいけないアンタッチャブルな器官だった。しかも、一年前まで乃愛はただの美人妻だったが、いまはトップアイドル。アリーナの観客をたったひとりで熱狂させる妖精がいま、好き放題に肛門をもてあそばれているなんて誰が想像できるだろう？

（んっ？　この感触は……）

ソープをたっぷりつけたせいか、アヌスに指が入りそうだった。今日の目的は肛門性交ではないが、その準備のためにマッサージを施すことを、由起夫はネットで見て知っていた。

「あおっ！」

乃愛の口から、アイドルとは思えない太い声が放たれた。由起夫の指が、ヌプヌプとアヌスの浅瀬を穿ちだしたからだった。

「やめて先生っ！　入れないでっ！　指を入れないでぇぇぇーっ！」

「大丈夫、大丈夫。浅いところだから……」

由起夫は指を抜かなかった。ソープのすべりのおかげで、抜き差しが簡単にできた。そうこうするうち、第一関節から第二関節まで埋まっていき、とても浅瀬とは言えないところまで責めてしまう。

乃愛が怒りだしたらすぐに抜こうと思っていたが、

「あぁあぁあーっ！　はぁあぁあぁあーっ！　はぁあぁあぁあぁあーっ！」

彼女の声は次第に艶めいていき、怒りだす気配はなかった。どうやら感じているようだった。アヌスに指を入れられてよがってしまうなんて、我が妻ながらいやらしすぎる女だと思った。

4

ボディソープをシャワーで洗い流した。

乃愛は浴槽の縁をつかんだまま、肩で息をしている。排泄器官をいじりまわされたショックは大きいらしく、由起夫は反省しきりだったが、すぐに立ち直ってくれるだろう。

立ちバックの体勢で尻を突きだしている乃愛の後ろに、由起夫はしゃがみこんだ。クンニリングスをするためである。

浣腸してからすぐに結合するためには、前の穴をあらかじめ充分に濡らしておく必要があった。乃愛はいやらしい女だから、たっぷりと舐めてやれば、落ちこむことなど忘れて乱れていくに違いない。

突きだされている尻の双丘を両手でつかみ、左右にひろげていく。アーモンドピンクの花びらがぴったりと口を閉じ、美しいシンメトリーを描いている。いつ見ても綺麗な花だった。綺麗でありながら、途轍もなくいやらしい。匂いたつようなアーモンドピンクの色艶が、男を惑わす。それが合わさってできている縦一本筋が、男の本能を揺さぶり抜いてくる。

「ああんっ！」

縦筋をなぞるように舌を這わせると、乃愛が声をあげた。アヌスをいじっていたときとは、あきらかに声音が違った。もっと素直に感じている。アヌスと違い、愛撫されても後ろめたさがないからだろう。

ツツーッ、ツツーッ、と縦筋を舐めあげつつ、由起夫は尻の双丘を撫でまわした。魅惑の丸みを吸いとるように手のひらを這わせては、乳房よりも弾力のある尻肉に指を食いこませて揉みしだく。

「あぁあああーっ！　はぁあああーっ！　はぁうううーっ！」

花びらの合わせ目がほつれ、薄桃色の粘膜に舌が届くと、乃愛が放つあえぎ声も甲高くなっていった。由起夫は左右の花びらを交互に口に含み、しゃぶりまわした。花びらが蝶々（ちょうちょう）のような形に開いていくと、薄桃色の粘膜からしたたっている蜜を、じゅるっと音をたてて啜りあげた。

「ああっ、いやっ！　啜らないでっ！　音をたてないでっ！」

口では言いつつも、乃愛の長い両脚はガクガクと震えている。感じているなによりの証拠である。

「啜らないでほしいのかい？」

由起夫は底意地の悪い声でささやくと、蜜を啜るかわりに肉穴に指を入れた。右手の中指を深々と埋めこみ、中で鉤状に折り曲げてやる。

「はっ、はぁうううううーっ！」

ぶるぶるっ、ぶるぶるっ、と太腿を震わせて、乃愛は喜悦を噛みしめた。Ｇスポットをぐりぐりと刺激してやれば、腰をくねらせ、尻を振りたて、新鮮な蜜をあとからあとからあふれさせる。

鉤状に折り曲げた指を抜き差ししはじめると、じゅぼじゅぼと音がたった。蜜を啜らなくても音はたつのだ。それも、啜るよりよほど卑猥な音が……。

「はぁああああーっ！　はぁああああーっ！　はぁううううーっ！」

それでも、もはや乃愛に羞じらう余裕はない。指に掻きだされた蜜が内腿を濡らし、膝のあたりまで垂れてくる。

たまらないようだった。女が燃えれば男も燃える。このまま後ろから貫いてしまおうかと、由起夫は一瞬思った。乃愛の濡らし方も尋常ではないが、こちらの我慢汁も糸を引いて床に垂れているほどだ。しかし、乃愛に浣腸できるチャンスが二度とあるとは思えないので、歯を食いしばって愛撫をいったん中断する。

シャワーヘッドをはずした。「シャワ浣」はノズルをアヌスに入れるのではなく、ぴったりとあてがって注ぎこむらしい。水圧は弱め、水温はぬるま湯、注ぎこみすぎないように注意すること――ネットで知った知識を反芻しながら、水圧と温度を調整する。

「ほっ、本当にするんですか？」

乃愛が立ちバックの体勢のまま振り返り、恨みがましい眼つきでこちらを見た。

「どうしても嫌ならやめるけど……」

由起夫は真顔で乃愛を見つめた。

「キミに嫌われたくないからね。それは絶対、嘘じゃない」

「約束ですよ」

「んっ？」

「トイレに行きたくなったら、すぐに行かせてください」

「ああ……」

由起夫はうなずいた。トイレはバスルームのすぐ隣にあるから、惨劇が起こる確率は低いはずだ。エリカなんてイチジク浣腸を三本された状態でカメラの前で演技をし、さらにセックスまでしているのだから大丈夫だろう。

「いくよ……」

由起夫は指先でアヌスをひろげながら、ぬるま湯の出ているノズルをあてがっていった。なにしろ初めてのことなので、正解がわからない。こぼれているぬるま湯の量が多いが、これで注ぎこめているのだろうか？

「入ってるかい？」

訊ねてみると、

「はっ、入ってますっ……」

乃愛は上ずった声で返してきた。

「気分はどう？」

由起夫は純粋に彼女の体を気遣って言ったのだが、

「意地悪なこと聞かないでくださいよ！」

乃愛は尻を向けたまま怒りだした。

「気分はどうって、最悪ですよ！　恥ずかしくて死にそう。こんな屈辱、生まれて初めてです！」

「もう少しの辛抱だよ」

「もう少しって、まだ入れるんですか？　もうけっこう入ってますよ」

乃愛がなにかをこらえるように足踏みを始めたので、

「じゃあここまでにしよう」

由起夫はシャワーをとめて立ちあがり、勃起しきった男根を握りしめた。

「あっ、あのうっ……」

乃愛が焦った顔で振り返る。

「トッ、トイレッ……行きたいっ……」

「そりゃあ、いくらなんでも早すぎるだろう」

由起夫は失笑まじりに一喝し、男根の切っ先を濡れた花園にあてがった。この部屋に来てからは遠ざかっているが、かつては住環境の制約で立ちバックばかりしていたのだ。一年前のこととはいえ、穴の位置や角度は覚えている。

ずぶっ、と亀頭を埋めこむと、

「くぅううぅーっ！」

乃愛は唸るような声をもらした。由起夫も胸底で唸っていた。いつもと結合感が違った。あきらかにきつかった。

「むうぅっ……」

そのままずぶずぶと入っていくと、肉穴の締めつけはいや増し、由起夫の額からは汗が噴きだした。処女を奪ったときよりも、きつかった。男根が大きければいいとは限らないように、女陰だってきつければいいというものではないだろう。だが、刺激は強い。エリカのような発展家でも、これは半狂乱で燃えあがるはずである。

「むううっ……むううっ……」

とてもじっとしていられず、由起夫は腰を動かしはじめた。まずはスローピッチで肉と肉とを馴染ませようと思っても、締めつけのきつさが許してくれない。あっという間にフルピッチになり、パンパンッ、パンパンッ、と尻を打ち鳴らして、怒濤の連打を送りこんでしまう。

「ああっ、いやっ……あああああっ、いやあああああーっ！」

乃愛の反応もいつもと違った。惨劇への怯えがあるせいで激しく身をよじったりはしないが、そのぶん痙攣がとまらない。両脚なんてガクガクしっぱなしだ。

汗もすごかった。由起夫の顔から噴きだした汗も乃愛の背中にポタポタ落ちていたが、それだけで腰をつかんだ両手がこれほどすべるわけはない。雪国育ちの乃愛の肌はとても綺麗で張りがあり、風呂上がりでもタオルなんかいらないのではないかというほど湯玉をはじく。だから、こんなにも腰が濡れているのは汗のせいだ。常軌(じょうき)を逸した結合感が、発情の汗を大量にかかせているのだ。

「先生っ！　先生っ！」

乃愛が紅潮した顔をくしゃくしゃにして振り返った。まさかトイレか？　と由起夫は身構えたが、そうではなかった。

「へっ、変よっ……わたし、変ですっ……おっ、おかしくなりそうっ！　おかしくなりそうなくらい気持ちいいっ！」

いまにも泣きそうな顔で言う乃愛に、由起夫は大きくうなずいた。

「俺もだっ！　すごくいいよっ！　たまらないよっ……」

言いながら、パンパンッ、パンパンッ、と尻を打ち鳴らして突きあげる。最初は締めつけのきつさばかりを感じたが、ピストン運動を続けているうちに、肉穴全体が吸いついてくるようになった。渾身のストロークで突きあげているのに、さらに奥へ奥へと引きずりこまれる感覚がある。

「先生、わたしイキそうっ……イッちゃいそうっ……」

あえぎすぎて閉じることのできなくなった乃愛の唇から、涎の糸がツツーッと垂れる。

「ねえ、いい？　イッてもいい？」

声音に怯えがにじんでいるのは、惨劇を恐れているからだろう。オルガスムスによって自分の体を自分で制御できなくなれば、尻の穴を締めていることもできなくなると思っているのだ。

だが、由起夫は動じなかった。乃愛のいちばん深いところに、怒濤の連打を送りこみつづけた。

乃愛の恐れている惨劇など、由起夫にとっては想定内なのだ。もちろん、免れられるならそれに越したことはないが、そもそもアヌスは排泄のための器官であり、そこに「シャワ浣」をしたのは由起夫なのである。惨劇が起こったところで乃愛のことを嫌いになったりはしないし、むしろ愛おしさが増すかもしれない。恥ずかしがり屋の乃愛は怒ったり、拗ねたり、いじけたりするかもしれないが、なだめることはできるだろう。これほど気持ちいい愛の行為を、途中で放りだすことなんてできなかったと言えば、彼女だってわかってくれるはずだ。

「イッてもいいぞ。思いきりイケばいい」

絞りだすような声で言った由起夫の言葉はしかし、乃愛には届いていないようだった。迫りくる恍惚の予感に眼の焦点が合わなくなり、絶え間なく涎を垂らしている。彼女の頭の中はもう、オルガスムスのことだけに支配されつくしている。

「ダッ、ダメッ！　乃愛、もうイッちゃうっ！　イッちゃいますっ！　イクイクイクイクーッ！　はぁあああああああーっ！」

ビクンッ、ビクンッ、と腰を跳ねあげて、乃愛はオルガスムスに駆けあがっていった。瞬間、ただでさえ締まりのいい肉穴が、痛烈に男根を食い締めてきた。

「おおおおっ……」

眼のくらむような快感に、由起夫の口から野太い声がもれた。まだ射精までは余裕があるのに、痛烈な快感が五体の隅々まで響き渡り、ぎゅっと眼を閉じると瞼の裏に歓喜の熱い涙があふれた。

5

イキきっても、乃愛の体の痙攣はとまらなかった。イキ方も激しかったが、こんなにも余韻が続くのは前代未聞だ。

（たまらないよっ……）

ぶるぶるっ、ぶるぶるっ、という痙攣が、結合部を通じて男根にも生々しく伝わってきた。濡れた肉ひだがまるで生き物のようにうごめいて、男の器官を刺激してくる。あまりの快感に由起夫はいても立ってもいられなくなり、再び動きだした。ずんっ、ずんっ、ずんっ、と最奥をえぐるようなストロークを送りこむと、

「いっ、いやっ！」

乃愛が驚愕に眼を見開きながら振り返った。

「いやよ、先生っ！　もう許してっ……もう無理っ……」

そう言われても、由起夫はまだ射精を遂げていない。いい女との最高のセックスを途中でやめることができる男なんて、この世にいるはずがない。

「もっ、もう限界っ！　出ちゃいそうなのっ！　お願いよ、先生っ！　もう我慢できないからあああーっ！」

乃愛の必死の哀願も、由起夫の心には響かなかった。由起夫はすでに、惨劇さえ受け入れようと腹を括っていたからだ。

「むうっ！　むううっ！　むううーっ！」

鼻息も荒く連打を放てば、全身の血が沸騰するような熱狂が訪れる。浣腸に加え、オルガスムスに達したばかりの肉穴は、異次元の快感で由起夫を翻弄する。

ずちゅっぐちゅっ、ずちゅっぐちゅっ、と卑猥な肉ずれ音をたてて抜き差しするほどに、男根の芯が熱く疼く。いまにも射精しそうなのに、まだまだ続けられそうでもあり、宙吊りにされた快楽がどこまでも濃厚になっていく。

「ああっ、ダメッ！　出ちゃうっ！　ホントに出ちゃうよ、先生えええーっ！」

乃愛はほとんど泣き叫んでいる。実際、「シャワ浣」を施した腹部はもう、我慢の限界に達しているのかもしれない。

だが一方の由起夫も、限界を超えて興奮していた。理性は完全に失われ、ただ本能のままに腰を振りたてている。これはいままで経験した中でも、間違いなく最高のセックスだった。それを乃愛とできていることがなによりも嬉しく、途中でやめることなど考えられない。

いや……。

途中でやめるどころか、興奮しきった由起夫の脳裏には、悪魔的な想念が浮かんできた。「出そう、出そう」とそんなに言うのなら、物理的に出せなくしてしまえばいいのではないか？　まだ若いのに、乃愛の性感は豊かだった。アイドルの才能以上に、セックスの才能がある気がした。そんな彼女なら、少々手荒いことをしても受けとめてくれるのではないだろうか？

「ああっ……」

勃起しきった男根を肉穴から抜くと、乃愛は身震いしながら肩で息をした。こちらに背中を向けていても、安堵が伝わってきた。これでようやくトイレに行ける——そう思っているようだったが、残念ながら行かせるわけにはいかない。

「あおおおっ……」

乃愛が太い声をもらしたのは、由起夫が男根の切っ先をアヌスにあてがったからだった。

「やっ、やめてっ、先生っ！　いったいなにをっ……」

男根は乃愛の漏らした蜜でネトネトに濡れ光っていた。これを潤滑油にすれば、挿入できそうだと由起夫は思った。乃愛は先ほど、アヌスに指を入れたとき感じていた。そうであるなら、男根を挿入しても大丈夫なのではないか？

「はっ、はぁおおおおーっ！　はぁおおおおおおおおーっ！」

小さなすぼまりにむりむりと切っ先をねじりこんでいくと、乃愛は人間離れした悲鳴をあげた。さすがに、セックスをするための器官ではないから、やすやすと入っていくことはできなかった。それでも由起夫は、力ずくで突破にかかる。乃愛のアナルヴァージンを奪っていると思うと、新たな興奮がこみあげてきて息もできない。前の穴の処女膜も奪ったから、これでもう、乃愛は完全に自分のものだ。この女は、俺の女だ。

「やっ、やめてっ、先生っ！　そこはダメッ！　入れないでっ！　お尻の穴に入れないでええぇーっ！」

泣き叫ぶ乃愛の排泄器官を、硬く勃起した男根で貫いた。入り口は異常に堅固だったが、そこを突破してしまえば意外なほどスムーズに根元まで埋めこむことができた。それにしても、すごい締まりだった。前の穴の食い締めもすごかったが、肛門はその比ではなかった。なにしろぬるま湯で浣腸され、惨劇が起きないように思いきり締めているのだ。根元のあたりをぎゅうぎゅう締めつけてくる圧迫感は呆れるほどで、あまりの快感に全身から汗が噴きだしてくる。

「どうだ？　これで間違っても出せなくなったぞ」

由起夫は乃愛の耳元で、勝ち誇ったようにささやいた。

「ぬっ、抜いてっ……抜いてくださいっ……」

乃愛が地を這うような低い声で返してくる。

「気持ちよくないのか？」

「いいわけないじゃないですかっ！　苦しいだけですっ！」

「ほーう」

由起夫は口許に底意地の悪い笑みをもらすと、体位を変えた。今度は自分が浴槽の縁に腰をおろした背面座位だ。その体勢でアヌスを貫いたまま、乃愛の両脚をひろげていく。

「あああーっ！　いやああああーっ！」

陰毛にさえ守られていない無防備なクリトリスをいじりはじめると、乃愛はのけぞって悲鳴をあげた。由起夫は右手の中指でクリトリスをいじりながら、左手で胸のふくらみを揉みしだいた。乳首をつまんだりひねったりしてやれば、当代一のアイドルはひいひいと喉を絞ってあえぎにあえいだ。

慣れないアヌスはたいして感じなくても、クリトリスや乳首は感じるのだ。由起夫がねちっこい愛撫をつづけていると、やがて身をよじりはじめた。

「ああっ、いやああーっ！　あああっ、いやあああああーっ！」

泣き叫んでみたところで、乃愛の身のよじり方はいやらしくなっていくばかりだった。前の穴を貫いているときほど激しくないが、それでもしきりに腰をひねる。生まれて初めて味わうアナルセックスの愉悦に淫し、半狂乱で燃えあがっていく。

（こんなことしたら、どうだ？）

クリトリスをいじっていた右手の中指と薬指を、肉穴にずぶっと埋めこんだ。

「はっ、はぁうううううううーっ！」

乃愛がのけぞってガクガクと腰を揺らす。後ろの穴を男根で塞がれながら、前の穴を二本指で掻き混ぜられる感覚は、男の由起夫にはわからない。しかし、途轍もない快感の波状攻撃であることは想像に難くなかった。左手では乳首をいじっているから、三点同時攻撃だ。あまつさえ、乃愛はいま「シャワ浣」を施された極限状態にいる。男根で栓をされたとはいえ、便意が消えてなくなるわけではない。

「あああっ、いやあああっ……あああああっ、いやあああああああーっ！」

それでも乃愛は、苦しむのではなくよがっている。身をよじり、腰をくねらせ、肉の悦びに溺れていこうとしている。背面座位なので表情の変化をつぶさにうかがえないのが残念だった。ＡＩイラストめいた端整な美貌がいま、快楽に翻弄されて紅潮し、汗にまみれ、くしゃくしゃに歪んでいるに違いない。涎を垂らすことはおろか、白眼まで剝いていてもおかしくない。

たまらなかった。

ステージでまばゆく輝くトップアイドルのこんな姿を、いったい誰が想像できるだろう？　アイドルオタクの中には推しはトイレに行かないと本気で信じている者だっているかもしれない。だが現実の乃愛は、トイレを我慢させられた状態で、前後の穴をこれでもかと責め抜かれている。屈辱に打ちのめされることもできないまま、女に生まれてきた悦びを謳歌しようとしている。

「せっ、先生っ！　先生えええーっ！」

体中を小刻みに震わせながら、乃愛が振り返った。その表情は予想通り、無残だった。無残でありながら、まばたきも許してくれないほど魅力的に輝いている。アナルヴァージンを奪われてなお、ここまでの輝きを放つのは、トップアイドルの面目躍如か？

「イッ、イッちゃいそうっ……わたし、イッちゃいそうですっ……」

「お尻の穴でイッちゃうのか？」

由起夫の意地悪な台詞に、乃愛の紅潮した顔は限界まで歪んだ。

「アイドルのくせに、お尻の穴でイッてもいいのかよ？　恥ずかしいな」

「言わないでっ！　言わないでくださいっ！」

乃愛の眼から大粒の涙がボロボロとこぼれる。

「泣いたってダメなんだよ。お尻の穴でイキたいのか？」

「ううっ……」

悔しげに唇を嚙みしめる。

「イキたいならイキたいってはっきり言えよ」

「……イッ、イキたいです」

長い睫毛を伏せ、可哀相なほど上ずった声で返す。

「いいんだな？　お尻の穴でイッたりしたら……そんな恥ずかしい女は、もうアイドルじゃいられないぞ。永遠に俺のものだ」

「イッ、イキたいっ！　イキたいですっ！」

乃愛が泣きながら叫ぶ。

「わたしは永遠に先生のものになりたいっ……だからイカせてっ！　このままイカせてええぇーっ！」

由起夫の胸は熱くなった。こちらの言葉責めに対して、乃愛があまりにも真剣に答えてくれたからである。かけおちしてきたふたりだから、結婚式など挙げられず、神様の前で永遠の愛を誓いあうこともできなかった。ならば、いまこの瞬間が、ふたりの結婚式なのかもしれない。神父や牧師がいなくても、永遠の愛を誓いあうことが重要なのだ。

「じゃあ、イカせてやる……」

由起夫は大きく息を吸いこむと、肉穴に埋めこんだ中指と薬指を動かしはじめた。ずちゅぐちゅと音をたてて濡れた肉ひだを攪拌しつつ、親指ではクリトリスをいじる。左手では乳房を揉んだり、乳首を刺激している。いやらしく尖りきった清らかなピンク色の突起を、撫でたりつまんだりくりくりしたり……。

「あぁあああーっ！　はぁああああーっ！　はぁうううううーっ！」

乃愛のあえぎ声は、一足飛びに獣じみていった。ファンの前で披露している清涼感のある歌声が嘘のような、淫らすぎるあえぎ声である。

「むううっ……」

乃愛が乱れはじめると、アヌスによる男根の食い締めもいや増した。前の穴を掻き混ぜるほどに、根元をキュッキュッと締めてくる。前の穴と後ろの穴が８の字の筋肉で繋がっていることが、ありありと実感できる。

「ああっ、イキそうっ……もうイッちゃいそうっ……」

乃愛が激しく腰を振りたてだすと、由起夫にも限界が訪れた。

「こっ、こっちもだっ！　こっちも出すぞっ！」

「ああっ、出してっ！」

乃愛が叫ぶ。

「たくさん出してっ、先生っ！　先生の精子、乃愛の中でいっぱいっ……はぁあああああーっ！」

言葉の途中で、乃愛は絶頂に駆けあがりだした。

「あああっ、イッちゃうっ……もうイッちゃうっ……先生、わたしのこと嫌いにならないでっ！　お尻の穴でイッちゃういやらしい子だって、軽蔑しないでっ！

ああっ、イクッ！　イクイクイクイクイクッ……はぁおおおおおおーっ！」

バックハグをしている由起夫の腕の中で、乃愛はしたたかにのけぞった。背中を弓なりに反らした状態で、ガクンガクンと腰を揺らし、女に生まれてきた悦びを嚙みしめる。

「おおおおっ……こっちも出すぞっ……ケツ穴に出すぞっ……おおおおっ……ぬおおおおおおおーっ！」

雄叫びをあげた次の瞬間、下半身で爆発が起こった。ドクンッ、ドクンッ、ドクンッ、とたたみかけるように射精の衝撃が訪れ、そのたびに正気を失いそうな快感が男根の芯をすさまじい勢いで駆け抜けていった。いままで味わったことがないほどの熱狂が全身を熱く燃やし、まるで紅蓮(ぐれん)の炎に包まれているようだ。

「はぁあああああっ……はぁあああああっ……」

「おおおおおおっ……おおおおおおっ……」

喜悦に歪んだ声を重ねあわせ、身をよじりあった。バックハグの体勢で、由起夫は乃愛を抱きしめていた。肛門の締めつけがきつすぎるから、なにかにしがみつかずにはいられず、放出が終わりかけるころには熱い涙を大量に流していた。

かろうじて惨劇は回避された。

オルガスムスの余韻がいつまでもおさまらない乃愛を励まし、繋がったままトイレの前まで移動した。抜くときはさすがに最悪の結末も脳裏をよぎっていったが、乃愛はなんとかこらえきって、トイレに閉じこもった。

由起夫は軽くシャワーを浴びてから、ベッドの上に体を投げだした。ほとんど放心状態だった。呼吸が整ってくると、正気も戻ってきた。となれば、当然のように罪悪感が胸を揺さぶってくる。

（さすがにアナルセックスは……やりすぎだったか？）

しかも、「シャワ浣」したうえで肛門を塞ぐように男根をねじこんだのだから、乃愛の体にかかった負担は大きかっただろう。いくら二週間の籠城生活で鬱屈していたとはいえ、そこまですることはなかったかもしれない。

（乃愛のやつ、怒ってるかな？）

それを考えると背筋に戦慄（せんりつ）が這いあがっていった。怒っていないわけがない。アナルセックスを強要したからというより、恥ずかしがり屋の彼女はそれでイッてしまったことに傷ついているに違いない。

どうやってご気嫌をとろうか、思案を巡らせた。外出できないこの状況では、『エッチなことなんでもします券』のようなことしか思いつかない。とはいえ、精根尽き果てるようなセックスのあとにそんなものを差しだしたら、怒りの炎にガソリンをぶちまけるようなものだろう。それでもご機嫌をうかがわないわけにもいかないから、『なんでも言うことききます券』を渡してやるか……。

しかし、文具のあるリビングに行くため、ベッドからおりようとしたところで、乃愛が寝室に入ってきた。白いパイル地のバスローブを着ていた。化粧もほとんど落ちていたし、髪も乱れていたが、抜群のヴィジュアルにあらためて圧倒される。この世でいちばん白いバスローブが似合う女がそこにいる、という感じがする。

「ねえ、先生……」

乃愛はこちらに背中を向け、ベッドの隅に腰をおろした。

「わたし、芸能界を引退することにしました。もうアイドルやめます」

「えっ？」

由起夫はびっくりして飛び起きた。

「なっ、なに言ってるんだ？　どうして急にそんなことっ……」

乃愛は振り返ってキッと眼を吊りあげると、

「お尻の穴でイッちゃうような恥ずかしい女が、アイドルやってるなんて失礼じゃないですか」

「あっ、いやっ……」

由起夫は泣きそうな顔になった。乃愛がいままで見たことがないほど怖い顔をしていたから、だけではない。

いまの言葉を額面通りに受けとれば、乃愛はつまり、由起夫のせいでアイドルをやめる決意をしたことになる。彼女にとってアイドルは夢であり、憧れだったのに、由起夫が淫らな欲望を暴走させたばかりに……。

「冗談ですよ」

乃愛は唐突に相好を崩した。

「やっぱり、結婚して子供もいる女が、言い訳しながらアイドルしてるのは潔くないなって……すっぱりやめるべきなんです」

「いや、でもっ……」

「それに」

乃愛は由起夫の言葉を遮って続けた。

「わたし、嬉しかったんです。先生に『永遠に俺のものだ』って言われて……ものすごく興奮してて、もうすぐイッちゃいそうなのに、胸が熱くなって泣きそうになりました。そうだよね、わたしは永遠に先生のものなんだよねって……だから、アイドルやめてもわたしは幸せです。ううん、アイドルやめたら、もっと幸せになれそうな気がします。だから……」

由起夫は最後まで言わせなかった。乃愛を抱きしめ、キスをした。唾液が糸を引くような濃厚なキスを交わしながら、やがてふたりは、熱い涙を流しはじめた。

エピローグ

一年の月日が流れた。

たった一年で、由起夫と乃愛を取り巻く環境は劇的に変わった。乃愛が芸能界を引退してしまったのだから、それも当然だった。

「本当にごめんさい。いままで支えていただいたスタッフの方々、そしてファンのみなさんには、心からお詫びしたいと思います……」

引退発表はＹｏｕＴｕｂｅで行なわれた。

「夫や子供がいることを隠したままアイドルになったわたしは、本当に罪深いと思います。最初からファンの人を裏切っていたわけですから……デビューするときにすべてをオープンにすればよかったですけど、どうしても怖かったし、かといって隠したまま活動を続けるのも、それはそれでつらかった。だから、もうやめることにします。アイドルはわたしにとって夢であり、憧れでしたけど、夫と子供も掛け替えのないものですから……いままでありがとうございました」

ところが、乃愛はそう簡単には引退できなかった。「乃愛ちゃんやめないで！」とファンが署名運動を起こしたり、各界の著名人が「アイドルに夫や子供がいたっていいじゃないか」という論陣を張ったことで、乃愛をありのままに肯定する風潮が生まれたのである。

決定的だったのは引退記念写真集の発売だ。乃愛がアイドルをやめるにあたり、大きな問題がひとつ残っていた。

降板させられた映画やCMの賠償金である。概算でも二、三億円には達するということで、エリカは自分ひとりでなんとかすると頑なに主張していたが、個人でどうにかできる額ではなかった。ましてや、彼女が経営する事務所に所属しているタレントは乃愛ひとりだから、乃愛が引退してしまったら売上がなくなるし、新たな人気アイドルを育てるのには時間がかかる。デビュー前から話題を呼び、あっという間にスターダムに駆けあがっていった乃愛は、例外中の例外なのだ。

「わたし、最後に写真集やってもいいですよ」

今後の対策を考えていたとき、乃愛がポツリと言った。エリカが乃愛の家にやってきて、由起夫も含めた三人で話しあっていた。

「写真集？　まあ、やらないよりはやったほうがいいだろうけど……」

焼石に水ではないのか？　とエリカの顔には書いてあった。

「絶対売れますよ。ヌードになりますから」

「ええっ？」

由起夫とエリカは、ふたりして大きく眼を見開いた。

写真集の話自体は、以前からあったらしい。乃愛は普段、ほとんど肌を露出しないのだが、水着や下着までならOKというラインで話は進んでいた。ただ、相手がトップアイドルだろうが人気女優だろうが、隙あらばヌードにしたがるのがやり手のカメラマンというものらしく、乃愛にも誘いがあった。エリカはもちろん断っていたらしいが、乃愛はその話を覚えていたのだ。人気絶頂のトップアイドルがヌード写真集を出せばベストセラー間違いなしであり、賠償金もまかなえる。

「本当にいいの、乃愛？　勢いで裸になったりしたら、後悔するんじゃない？」

エリカが眉をひそめても、乃愛は動じなかった。

「勢いじゃありません。わたしなりに考えてのことです。理由は三つあります。ひとつはもちろんお金の問題で、さすがにエリカさんひとりに押しつけるのは申し訳ないというか……ふたつ目は、ファンの方たちになにかお礼がしたかった。こう見えて、応援してくださった方たちには本当に感謝してるんですよ……」

ふうっ、とひとつ息をついてから、乃愛は続けた。

「最後のひとつは……いまのうちに綺麗な裸を撮ってもらいたいなあって、ハリウッドセレブみたいなこと考えちゃいました。一般人になったら、立派なスタジオで名のあるカメラマンさんが撮影してくれるなんて、無理じゃないですか。最後にちょっとだけ、芸能界にいる特権を利用したい」

由起夫とエリカは眼を見合わせた。乃愛がそこまでのことを考えているとは思ってもいなかった。

「あなたはいいの？　奥さんがヌードになっても……」

エリカに訊ねられ、

「彼女がいいというなら、俺からはなにも……」

由起夫は複雑な気分だった。ヌード写真集を残すというのは、将来になんらかの暗い影を落とすかもしれない。不安がないわけではなかったが、それ以上に興奮していた。乃愛は顔も綺麗でスタイルも抜群だが、裸になったらもっとすごいのだ。彼女の裸が多くの人に見られると思うと、我が妻として誇らしいという気分もあるし、ちょっとネトラレみたいな感覚もある。乃愛には申し訳ないけれど、いやらしい気分になっているもうひとりの自分がいる。

大御所から新進気鋭まで三人のカメラマンを起用した乃愛のヌード写真集は、予想をはるかに超えた大ヒットとなった。おかげで、「乃愛ちゃんやめないで！」の署名運動はすさまじい熱を帯び、ネット上にも彼女の引退を惜しむ声が相次いで、やめると言っているのにエリカの元には仕事のオファーが殺到した。

「こりゃあ、すんなりとはやめさせてもらえない雰囲気だぞ」

由起夫が苦笑まじりに言うと、

「そんなこと言ったって、引退を撤回したら詐欺（さぎ）になっちゃうもの」

乃愛は困惑しつつも、表舞台に未練が出てきたようだった。人気稼業は応援してくれる人がいてこそのものである。想像以上の声援が飛んでくれば、それに応えたくなるのがアイドルなのだ。

ふたりで協議した結果、乃愛はＹｏｕＴｕｂｅｒに転身することになった。かねてから彼女には、引退したら人目を気にせずに暮らせる田舎に移住したいという希望があった。それを叶える形で南の島でホテル暮らしを始めたふたりは、「旅と子育て」というテーマで動画を撮影した。

月並みといえば月並みなテーマだが、乃愛はつくられたアイドルではなく、天性のアイドルである。カメラの前で笑うだけで、視聴者は心を奪われてしまう。鼻歌まじりに持ち歌を歌えば、応援コメントが殺到する。

再生数が百万回を下まわることのない乃愛のＹｏｕＴｕｂｅは、無事収益化に成功し、家族の生活をまかなえた。

それにしても……。

驚かされたのは、エリカのその後の動向だった。

乃愛の引退の後始末が一段落すると、エリカは経営していたタレント事務所〈エリートライアー〉を解散した。もう芸能界には興味がないようで、しばらく海外に語学留学するようなことを言っていたのだが、彼女が興味を失っていたのは芸能界の裏方だった。

「おいっ、ちょっと！　これ見てみろよ」

ネットニュースで衝撃の情報を知った由起夫は、乃愛にスマホを見せた。乃愛が眉をひそめて画面を睨みつける。

「なにこれ？『私、トップアイドルの敏腕マネージャーでした』？」

AVのタイトルだった。エリカはなんとAV女優に転身し、熟女専門のレーベルから専属デビューしたのである。

「ポルチオ開発、おかわりピストン、電マ鬼イカせ、絶倫との3P……なんだこりゃあ。エリカさんどうしちゃったんだよ……」

あまりに露骨なキャッチコピーに、由起夫はうろたえるしかなかった。乃愛がつくった負債は、ヌード写真集できれいになったはずだし、金のためにAV女優になったわけではないだろう。

トップアイドルの座にありながら、あるいは二十二歳という若さにして、すべてをさらけだして引退した乃愛に、エリカとしても思うところがあったのかもしれない。もともと表舞台への志向が強い人のようだし、自分も負けてはいられない。

いと……裸になって現役に返り咲いてやると……。

（この大胆さ、さすがと言っていいのか悪いのか……）

エリカはAV女優にはあまりいないタイプだし、ノーブルかつエレガントなのに色気がすごい。セックスだって嫌いではないだろうから、もしかしたら天職なのかもしれないが……さすがに怖くて、作品を観ることはいまだにできていない。

「いいところだな、ここ」

真っ青な空と海を窓から眺めながら、由起夫は深呼吸をした。沖縄の離島にあるプチホテルだった。

「魚はうまいし、肉もうまいし、島の人はみんなやさしいし、一カ月くらい長逗留してみたいもんだぜ」

「そうですね。わたしもこの島、気に入ったけど……」

乃愛が困った顔で苦笑する。ひと月単位で泊まったほうが、ホテル代もディスカウントされるのだが、ふたりにはそれができなかった。長く泊まっていたとしても、せいぜい一週間だ。

滞在先の景色をＹｏｕＴｕｂｅにアップすると、熱心なファンが遠くからわざわざ聖地巡礼にやってきてしまうからだった。乃愛がトロピカルドリンクを飲んでいるだけで、閑古鳥が鳴いていたカフェに行列ができる。

「でも、旅から旅の生活も刺激的じゃないですか」

乃愛が楽しげに笑う。

「毎日同じ空を見てるより、豊かな人生を送ってる気がする」

「そうだな。それにしても、東北の片田舎で教師をしてたころは、将来こんな生活を送るなんて夢にも思ってなかったなあ」

由起夫は遠い眼になって過去に思いを巡らせたた。田舎の教師時代もそうだが、スナック〈ルーザー〉に身を寄せていたころを考えれば、天国と地獄である。智実はいい女だったが、いくら体を重ねても、ふたりの間に愛はなく、爛れた欲望があるだけだった。

旅から旅の生活も楽しいけれど、やはり人生を豊かにしてくれるのは、愛する者と一緒にいることなのだ。

いまは乃愛がいる。

飛鳥もいる。

そして……。

乃愛のお腹の中には、新しい家族の命が宿っている。すでに七カ月だから、産まれてくる日はそう遠くない。

「風が気持ちいいね……」

窓辺に立っている由起夫に、乃愛が身を寄せてきた。由起夫は妻のふくらんだお腹を指でそっとなぞった。

しみじみと幸せだったが、妊娠中の乃愛は、妙に色っぽくなる。すべての人にあてはまる法則かどうかわからないが、性欲が旺盛になるのだ。極端な恥ずかしがり屋のくせに、みずから夫婦の営みをねだってくることも珍しくない。

飛鳥を産む前にも、その片鱗を見せていた。狭いユニットバスにこもり、立ちバックでよく盛っていた。やたらとしたがるものだから、お腹が大きくなったことで由起夫に嫌われたらどうしようという、無意識の不安があるのかもしれないとさえ思ったものだ。

もちろん、そんな心配はまったくの杞憂だった。一時的に体型が変わったところで、由起夫の愛の炎が消えてなくなることなどあり得ない。そもそも自分の子供を宿しているわけだから、いたわり慈しむのは夫として当然。だがそれとは別に、ふくらんだお腹がひどくエロティックだから誘いを無下には断れなかった。

桃の匂いがする乃愛の体は、乳房もヒップも瑞々しい果実のようだが、お腹がふくらむともうひとつ果実が生まれる。妊婦の体型は土偶のようであまり格好がよくないと感じる向きもあるだろうが、そこは元トップアイドル。ＡＩイラストめいた美貌の持ち主だから、不格好ささえエロスを生む。美形の女のほうが歪んだフェラ顔がいやらしいのと一緒である。

「先生……」

乃愛の白魚のような手指が、由起夫の太腿を撫でてきた。すりっ、すりっ、と淫らな手つきで撫でまわされ、手指が股間に届くころには、由起夫は痛いくらいに勃起していた。

乃愛は足元にしゃがみこむと、ズボンとブリーフをめくりさげ、硬く隆起した肉の棒に手を添える。唇をOの字にひろげると、亀頭をぱっくりと頬張り、情熱的に舐めしゃぶりはじめる。

「むうっ……」

由起夫は唸りながら腰を反らした。

飛鳥はベッドの上で大の字だった。先ほどまで海で遊んでいた三歳児は、はしゃぎ疲れて可愛い寝息をたてている。

「あっちに行こう……」

由起夫は乃愛の手を取って立ちあがらせると、バスルームに向かった。飛鳥はしばらく眼を覚まさないだろうが、やはり側にいては落ちつかない。

そのホテルのバスルームは広くなかった。さすがにトイレとは別々だが、夜景が見える高層ホテルのようにゆったりはしていない。

しかし、それならそれで、昔を思いだして楽しむだけだった。脱衣所でお互い裸になると、湯を張っていない浴槽に入った。由起夫のそそり勃った男根は乃愛の唾液にまみれていたので、そのまま立ちバックの体勢を整えていく。切っ先を女の花にそっとあてがう。

「ああっ……」

手マンもクンニもしていなかったが、乃愛はよく濡れていた。彼女はやはり、発情中なのだ。したくてしたくてしかたがないのだ。

とはいえ、妊娠中に激しいセックスは御法度である。由起夫は大きく息を呑みこむと、挿入を開始した。なるべく時間をかけて、じりじりと結合を深めていく。

（たまらないなっ……）

根元まで埋めこんでも、乃愛の体を気遣って抜き差しはなるべくゆっくりやさしくを心掛けた。熱狂的ではないかわりに、ヌメヌメした結合感をじっくりと味わえるから、これはこれで悪くない。

「あああっ……はぁあああっ……はぁあああああっ……」

乃愛の呼吸が、早くもはずみだす。このバスルームは広くないが、浴槽の側にまで鏡がついていた。乃愛はそちらを向いているから、立ちバックでも眼と眼を合わせることができる。

（もしかすると……）

元トップアイドルと結婚している最大の特権は、妊娠中の彼女とセックスできることなのかもしれなかった。若いころは考えたこともなかったが、妊婦とまぐわうのは驚くほど興奮する。

もちろん、すべては乃愛に対する愛情がベースにあるからだろうが、それにしたって妊婦との立ちバックがこんなに燃えるとは思っていなかった。

「むううっ……むううっ……」

興奮に鼻息が荒くなってきても、連打を放てないところがもどかしい。もどかしさが、興奮をどこまでも高めていく。勃起しきった男根は肉穴に挿入され、肉と肉とが間違いなくこすれあっているのに、いても立ってもいられなくなってくるのだから、たまらないものがある。

「ああっ、先生っ……先生っ……」

鏡越しに、乃愛が見つめてくる。眼の下を赤く染め、半開きの唇でハアハアと息をはずませている。いやらしすぎる表情だが、興奮のままに腰を振りたてることはできない。抜き差しはあくまで、ゆっくりやさしくだ。

そうなると当然、射精ははるか彼方にある。乃愛にしても、このやり方だとイカないで終わることも少なくない。

だが、オルガスムスにこだわらないことがかえって、愛の確認作業としては優れている気がした。射精や絶頂が遠いから、延々と抜き差ししていることができるところがいい。

（いつの日か、また……）

鬼の形相で怒濤の連打を送りこみ、乃愛を連続絶頂に追いこむ日が訪れるだろう。極端な恥ずかしがり屋のくせに、乃愛は性的好奇心が旺盛なむっつりスケベだから、浣腸プレイのような変態じみたことをするチャンスだってあるかもしれない。いや、きっとある。「もう一度しよう」とは決して言わないが、ふたりであの日の思い出話をしていると、乃愛はいつだってうっとりした顔になる。

だがそれまでは、ゆっくりやさしくのこのやり方がいい。いつかまた爆発的なセックスをするために、いまはじっくりと愛を育んでいたい。

この作品は徳間文庫のために書下されました。
なお本作品はフィクションであり実在の個人・団体などとは一切関係がありません。

徳間文庫

人妻アイドル

2024年3月15日　初刷

著者　草凪優

発行者　小宮英行

発行所　株式会社徳間書店

東京都品川区上大崎三−一−一　〒141−8202
目黒セントラルスクエア

電話　編集〇三（五四〇三）四三四九
　　　販売〇四九（二九三）五五二一

振替　〇〇一四〇−〇−四四三九二

印刷
製本　大日本印刷株式会社

ISBN978-4-19-894923-5　（乱丁、落丁本はお取りかえいたします）

徳間文庫の好評既刊

草凪優

チェリーに首ったけ！

書下し

「だってもうキミ、童貞じゃないんだもん」関係を持った女にセフレやステディな付き合いを申し出るたび、断られ続ける坂井拓海（さかいたくみ）。彼女たちは童貞にしか興味がない「童貞ハンター」なのだ。悔しさを晴らすため、童貞を偽り、拓海は「童貞ハンター狩り」に勤しむことを決意する。いかにも未体験を装い、魅惑的な女性たちとアバンチュールを重ねる。好色青年のときめく性遍歴を描く桃色官能。